Lotte Kinskofer
Schwarzer Schnee

© Elisabeth Wiesner

Lotte Kinskofer wurde in der Nähe von Regensburg geboren und wuchs auch dort auf. Zum Studium der Germanistik, Anglistik und Kommunikationswissenschaften kam sie nach München – und blieb. Nach Stationen bei verschiedenen Zeitungen schreibt sie heute Bücher, Erzählungen fürs Radio und Drehbücher – für Kinder, Jugendliche und Erwachsene.

Ein weiterer Titel von Lotte Kinskofer bei dtv junior: siehe Seite 4

Lotte Kinskofer

Schwarzer Schnee

Roman

Deutscher Taschenbuch Verlag

Von Lotte Kinskofer ist außerdem bei dtv junior lieferbar:
SMS – Sarah mag Sam, dtv girl 7615

Originalausgabe
In neuer Rechtschreibung
März 2010

www.dtvjunior.de
Umschlagkonzept und -gestaltung: Büro Jorge Schmidt,
München
Umschlagmotive: Jan Roeder (tanzendes Mädchen)
und gettyimages (Hanf)
Lektorat: Anke Thiemann
Gesetzt aus der Charlotte 11/14,5˙
Gesamtherstellung: Druckerei C. H. Beck, Nördlingen
Gedruckt auf säurefreiem, chlorfrei gebleichtem Papier
Printed in Germany · ISBN 978-3-423-78237-1

1. Kapitel

Simon ist weg. Einfach verschwunden. Er wollte übers Wochenende zu seinem besten Freund.

Dort war er nicht.

Er ist nirgends.

Kein Zeichen, kein Brief, keine Botschaft.

Mein kleiner Bruder hat noch nie was ausgefressen mit seinen fünfzehn Jahren. Bisher fanden meine Eltern das beruhigend. Jetzt nicht mehr. Für sie ist er nicht der Typ, der einfach abhaut. Also muss ihm etwas zugestoßen sein. Ich hingegen klammere mich lieber an die Idee, dass er sich ein nettes Wochenende macht. Auch wenn's nicht zu ihm passt. Aber es darf nichts passiert sein.

Es fängt alles so harmlos an. Sieht aus wie eine kleine Verspätung. Wir sitzen am Tisch, Mum, Dad und ich. Das Essen ist fertig. Wir warten auf Simon. Er ist bei Yannick, seinem Kumpel. Das macht er öfter. Er fährt am Freitag nach der Schule hin, er kommt am Sonntag zurück. Um 19 Uhr muss er da sein. Da ist bei uns Familienzeit. Wir besprechen die neue Woche. Das war immer so.

Es ist schon zehn nach sieben. Simon ist nicht gekommen. Das hat er noch nie gemacht.

Eine Kleinigkeit, eigentlich.

Aber ich sehe Dad an, wie sehr er sich ärgert. Der Salat steht bereits auf dem Tisch, die Cannelloni brutzeln noch im Ofen.

»Vielleicht ist seine Uhr stehen geblieben«, sagt meine Mutter.

Mein Vater steht wortlos auf und holt das Telefon.

»Tag, Frau Gebauer, hier Steiger. Ist Simon schon gefahren?«

Die Stimme meines Vaters klingt freundlich. Doch dann erstirbt das Lächeln auf seinem Gesicht.

»Kann ich bitte Yannick sprechen?«

Mein Vater lässt den Hörer sinken, fassungslos.

»Er ist nicht bei Yannick.«

»Doch, natürlich«, erwidert meine Mutter nachdrücklich, als würde sie das viel besser wissen.

»Er war das ganze Wochenende nicht dort.«

Mum wird blass. Sie sieht mich an.

Was weißt du?, fragt ihr Blick.

Ich weiß gar nichts.

Mein Vater nimmt den Hörer wieder ans Ohr.

»Stell bitte laut«, sagt meine Mutter.

Wir können Yannick jetzt hören.

»Yannick, wo ist Simon?«

Dad klingt gar nicht mehr verärgert, eher ängstlich.

»Keine Ahnung.«

»Er hat uns gesagt, er bleibt das ganze Wochenende bei dir.«

»Stimmt aber nicht.«

Mein Vater schweigt einen Moment, er sieht meine Mutter ratlos an, die sich nervös auf die Lippen beißt.

»Er hat sich auch nicht bei dir gemeldet?«

»Nö.«

»Wann hast du ihn zuletzt gesehen?«

»Am Freitag nach der Schule. Bei den Rädern. Ich bin dann gefahren.«

Mein Vater schweigt.

»Sie geben mir doch Bescheid, wenn Sie was hören?«

Auch Simons bester Freund klingt jetzt besorgt.

»Ja, mach ich«, sagt mein Vater und legt auf.

Von Verspätung und Ärger ist nicht mehr die Rede. Wir sitzen wie gelähmt am Tisch. Der Salat, die Getränke, Teller und Besteck, alles wirkt falsch.

»Vielleicht ist er bei einem anderen Freund«, sagt mein Vater.

Mum schüttelt den Kopf: »Er hat gesagt, er geht zu Yannick.«

»Er hat es sich eben anders überlegt.«

»Ich rufe alle Klassenkameraden und Freunde durch.«

Mum ist froh, dass sie etwas tun kann.

»Wir sollten es erst auf seinem Handy probieren«, schlage ich vor.

Meine Eltern sehen mich an, als hätte ich alle Weisheit der Welt in mir vereint.

»Klar, natürlich«, sagt mein Vater, sucht Simons Nummer aus dem Speicher und wählt sie.

Einen Moment lauscht er. Mailbox, formt er dann lautlos mit den Lippen, um gleich darauf loszulegen.

»Simon, hier ist dein Vater. Wo bist du? Ruf uns an!«

Er klingt aggressiv und ängstlich zugleich.

»Du warst zu heftig«, sagt meine Mutter, »und hast die Hälfte vergessen.«

»Was denn, bitte?«

»Dass er sich melden soll, auch wenn er in Schwierigkeiten steckt.«

Mein Vater hält ihr das Telefon hin. »Sag's ihm selbst.«

Ich halte diese Spannung nicht mehr aus. Während meine Mutter noch einmal Simons Nummer wählt, schleiche ich aus dem Zimmer. Im Flur höre ich von oben eine mir bekannte Melodie.

»Das ist doch Simons Handy«, sage ich und laufe die Treppe hoch. Ich stehe schon in seinem Zimmer und habe das Handy in der Hand, als meine Eltern hereinkommen.

»Warum hat er es dagelassen?«, murmelt mein Vater, aber er weiß, dass wir ihm darauf keine Antwort geben können.

Die Hoffnung, Simon ganz einfach erreichen zu können, ist in diesem Augenblick gestorben.

»Wir rufen die Polizei an«, sagt meine Mutter.

»Ich will erst alle Möglichkeiten durchgehen«, widerspricht mein Vater. »Irgendwo muss er doch stecken.«

Da klingelt es unten an der Tür.

»Simon!«, schreit meine Mutter und eilt die Treppe hinunter.

Natürlich wissen wir, dass Simon einen Schlüssel hat. Aber diese Mischung aus Angst und Hoffnung macht uns alle zu Idioten. Meine Mutter reißt die Tür auf. Draußen steht Max. Klar. Wir waren verabredet.

Wir wollten noch ausgehen nach der Familienbesprechung.

Wollten.

Ich umarme Max, drücke meine Wange an seine. Er spürt meine Tränen. Fragt, was passiert ist. Leise, einfühlsam, mit warmer Stimme. Mir geht es gleich besser, jetzt wo er da ist.

Wir sitzen wieder am Esstisch im Wohnzimmer. Die Teller stehen noch da. Der Salat ist zusammengefallen. Die Cannelloni haben wir gar nicht aus dem Ofen geholt.

Max hält meine Hand, schweigt mit uns. Er ist genauso ratlos wie wir. Schenkt sich Mineralwasser ein und trinkt. Es ist Simons Glas. Er sitzt auf Simons Platz.

»Hast du eine Ahnung?«, fragt meine Mutter.

Max schüttelt den Kopf.

»Du warst doch wie ein großer Bruder für ihn.«

»War nicht Basketball – auswärts?«

»Er ist im Moment nicht dabei. Er hatte doch eine Fußverletzung und ist noch nicht ganz fit.«

Max zuckt ratlos die Schultern. Er ist überfordert, wie wir alle.

Draußen ist es dunkel geworden.

Trotzdem haben wir die Tür zur Terrasse offen.

Als wollten wir Simon eine Möglichkeit geben, schnell zu uns hereinzuschlüpfen, wenn er doch noch kommt.

Es ist Spätsommer, draußen ist es schwül.

Aber mich friert.

Ich ziehe die Füße auf den Stuhl, schlinge die Arme um meine Beine, lege den Kopf auf die Knie.

Ich bin todmüde, aber zugleich schlägt mein Herz wahnsinnig schnell.

Max streicht mir über den Rücken, küsst mich zart auf die Wange und flüstert leise die beruhigenden Worte, die ich hören will und zugleich nicht ganz glauben kann. Dass Simon bestimmt nichts passiert sei. Dass alles wieder gut werde. Er will mir Mut machen. Es funktioniert für ein paar Momente. Dann kommt die Angst zurück.

Wir wünschen uns jetzt alle, Simon wäre der Draufgänger, der einfach mal durchbrennt.

Wir hätten gerne Sätze auf Lager wie:

Lass den mal nach Hause kommen.

Der kann was erleben.

Typisch Simon, macht immer Ärger.

Doch das Schlimme ist: Wir trauen es ihm nicht zu. Deshalb haben wir so große Angst, dass ihm etwas zugestoßen ist.

Wir retten uns in Aktionismus.

Max und ich durchsuchen Simons Zimmer.

Meine Eltern telefonieren alle Freunde durch.

Jetzt sind wir wenigstens beschäftigt.

Für einen Moment können wir die Panik vergessen.

2. Kapitel

Mum übernimmt die Schulfreunde, Dad die Basketballer und sonstige Kumpel.

Gibt es weitere Leute? Von früher, aus dem Tischtennisclub? Aus der Grundschule vielleicht? Hat er Freunde im Chat? Wenn ja, welche Freunde sind das? Wir wissen nicht viel über Simon, das wird uns schlagartig klar. Es fühlt sich nicht gut an.

»Keep out«. Dieses Schild hängt an Simons Tür. Bis vor ein paar Stunden ist es mir nicht mal aufgefallen. Simons Leben war mir egal. Jetzt ist es das Einzige, was mich interessiert.

Auch meine Eltern haben dieses Zimmer nicht oft betreten. Simon war immer brav genug, seine Schmutzwäsche selbst in den Keller zu bringen. Auch benutzte Gläser und dergleichen hat er wieder in die Küche gestellt. Ein ordentliches Kind. Aber damit hat er auch Mum und Dad aus seiner Zone draußen gehalten.

Vor zwei Jahren habe ich durchgesetzt, dass sie nicht so ohne Weiteres in meinen Sachen wühlen.

»Okay, wir vertrauen euch«, hat mein Vater damals

gesagt. »Euer Zimmer ist euer Reich, solange ihr einigermaßen Ordnung haltet.«

Das habe ich erkämpft und Simon hat davon profitiert.

Viele aus meiner Klasse halten mich für angepasst. Weil ich nicht ständig eine große Show abziehe, nur um aufzufallen. Aber wenn ich etwas wirklich will, dann kann ich ganz schön stur sein. So war es mit dem Zimmer. Ich wollte nicht mehr, dass Mum jeden Moment reinkommt, schon gar nicht, wenn Freunde da waren. Der Kampf hat Wochen gedauert. Aber ich habe gewonnen. Mum klopft an und wartet, bis ich etwas sage. Es fällt ihr schwer, das weiß ich, aber sie macht's. Und sie hat es auch bei Simon gemacht.

Max und ich stehen erst einmal einen Moment da und sehen uns um. In der einen Ecke sind die Sportsachen. Ein Basketball liegt herum, Sportklamotten in eine Tasche gestopft, ein Poster von Dirk Nowitzki. Daneben einige Urkunden und sogar ein Pokal.

Das ist die coole Ecke. Ansonsten gibt es auch noch den kleinen Simon. Im Regal stehen Figuren aus Überraschungseiern und selbst der Adventskalender der Eintracht Frankfurt für Fans hängt noch an der Wand.

Alles ganz harmlos.

Umso schlimmer.

Max nimmt mich in den Arm, streicht mir übers Haar.

»Soll ich mir den PC mal vornehmen?«

Ich nicke. Davon hat er mehr Ahnung als ich. Er schaltet das Ding ein, brummt etwas von »kein Passwort« und geht dann die Dateien und die letzten besuchten Websites durch.

Ich sehe mir die Bücher und Hefte an, die im Zimmer herumliegen. Nicht gern, es hat was von Rumschnüffeln. Aber vielleicht ist es wichtig. Er hätte ja nicht zu verschwinden brauchen, der blöde kleine Bruder, dann müssten wir jetzt nicht in seinen Sachen wühlen.

Plötzlich bin ich wütend auf Simon.

Ich will mir einreden, dass er abgehauen ist.

Denn sonst muss ich denken, ihm sei was passiert.

Ich wische diese Angst weg, suche Erklärungen.

Er macht sich ein schönes Wochenende.

Das haben wir ihm alle nicht zugetraut.

Aber er hätte es mir sagen sollen, der Idiot.

Ich hätte ihn nicht verpetzt.

Wo könnte er sein, überlege ich.

Unsere kleine Stadt liegt zwischen Mannheim und Frankfurt. Wohin würde ich fahren, wenn ich Spaß haben will?

Hat er eine Freundin, einen neuen Kumpel?

Ist er allein losgezogen oder ist jemand bei ihm?

Dann finde ich eines der Bilder, wie sie Simon manchmal kritzelt. Er versucht, Mangas zu zeichnen. Besonders gut gelingt ihm das nicht. Aber er gibt nicht auf. Bemüht sich immer wieder.

Reißt so einer aus? Warum sollte er das tun?

Ich gehe zu Max, umarme ihn von hinten.

»Ich habe auch Angst«, sagt er leise und ich fühle mich verstanden.

Von unten die Stimmen meiner Eltern.

»Sprich doch bitte etwas leiser, Christine.«

»Ich kann hier nicht ruhig und gelassen mit anderen Eltern plaudern, während Simon da draußen …« Sie vollendet den Satz nicht, schluchzt auf.

»Ich kann mich aber nicht auf meine Telefonate konzentrieren, wenn ich deine mitanhören muss.«

»Dann geh nach oben. Du hast doch ein eigenes Büro.«

Ein alter Streitpunkt. Dad hat ein Büro, Mum nicht. Das passt jetzt gar nicht. Es ist unwichtiger als je zuvor.

Max steht auf, schließt die Tür, nimmt mich in den Arm.

»Versprich mir, dass wir nie so streiten, Lara«, flüstert er mir ins Ohr und gibt mir einen Kuss.

Ich verspreche es gern. Wir lassen uns für Minuten nicht mehr los. Ich habe das Gefühl, Max ist nun der einzige Mensch auf der Welt, der für mich da ist.

Aber es ist ein gutes Gefühl. Ich bin aufgehoben, er beschützt mich. In diesem Augenblick glaube ich sogar, dass er mir helfen kann. Gemeinsam schaffen wir es. Wir finden Simon wieder. Diese Aufgabe wird uns nur noch mehr zusammenschweißen.

Wir machen weiter mit unserer Suche. Ich nehme mir Simons Schulsachen vor, Max den Computer.

»Was ist mit seinen E-Mails?«, frage ich. »Und guck nach komischen Dateien, Notizen, Chat …«

Max sieht mich an, als wollte er sagen: Ich weiß selbst, wonach ich suchen muss.

»Schon gut«, murmle ich und wende mich Simons privatester Ecke zu – seinem Bett.

Ich krieche drunter. Besonders sauber ist es hier nicht. Wäre es aber unter meinem Bett auch nicht.

Ich tauche mit einer Schachtel wieder auf, huste erst einmal, wische mir die Flusen von meinem T-Shirt. Dann öffne ich die Schachtel. Kinderkram. Muscheln, Steine, Blätter, sogar Tannenzapfen.

Max sieht kurz her und lächelt: »Bei einem Mädchen würde ich sagen: romantisch.«

Ärgerlich schiebe ich die Schachtel beiseite. Keinerlei Hinweise. Das sollte mich beruhigen. Tut es aber nicht. Ich suche nach dem einen Gegenstand, der mir sagt: Das ist mit Simon passiert, da kannst du ihn finden, alles ist klar, das Rätsel ist gelöst.

Leider scheint es nicht so einfach zu sein.

Noch einmal krieche ich unters Bett. Hole einige leere RedBull-Dosen hervor, die hinter der Kinderkram-Schachtel versteckt war. Dann eine halbleere Flasche.

»Schau mal, Wodka«, staune ich.

Max wendet die Augen nicht einmal vom Laptop, er lacht nur leise.

»Das ist doch normal in dem Alter.«

In dem Alter? Max hat recht: Simon ist 15. Mit 15 habe ich auch schon Alkohol getrunken. Trotzdem ist Simon irgendwie mein kleiner Bruder – zu klein für Wodka.

»Wo hat er das Zeug her?«

»Bei uns steht so was im Wohnzimmerschrank. Bei euch nicht?«

Ein Fettnapf. Ich weiß ja, dass Max' Mutter gerne mal was trinkt. »Entschuldige«, murmle ich.

»Nicht so schlimm. Hat eben jeder sein eigenes Hobby.«

Max rettet sich in Zynismus. Ich sehe ihn besorgt an.

»Was hast du bisher gefunden?«

»Nichts Besonderes«, murmelt Max und schließt die Internetseite, die er sich gerade angesehen hat.

»Soll *ich* mir die E-Mails ansehen?«, schlage ich vor.

»Jetzt lass mich doch mal machen!«

Max wird ärgerlich, aber ich gebe nicht nach.

»Ich kenne ihn besser als du. Und seine Freunde auch.«

Max lächelt etwas ironisch, sagt aber nichts. Gibt den PC nicht frei, bleibt stur. Er klickt sich durch die verschiedenen Programme.

»Was ist das denn?«, frage ich und deute auf ein Icon.

Max doppelklickt darauf.

»Du musst kämpfen, du kannst siegen. Vertraue niemandem, erkenne in jedem deinen Feind«, sagt eine leicht verzerrte Stimme.

Ich starre irritiert auf den Bildschirm.

»Lösche aus, was dich bedroht. Vernichte, was dich krank macht. Verlass dich auf niemanden, nur auf dich.«

»Ein Ballerspiel«, murmelt Max. »Aber nicht gerade von der harmlosen Sorte.«

»Das passt doch überhaupt nicht zu Simon!«, rufe ich.

»Es passt so vieles nicht zu dem Simon, den wir kennen.«

Es stört Max, dass ich neben ihm am PC stehe.

»Bist du denn schon fertig? Alles gecheckt?«, fragt er mich.

Ich sehe mich in Simons Zimmer um. Wo könnte ich noch suchen? Unter der Matratze? Was sollte er da schon verstecken?

Volltreffer.

Fassungslos halte ich Max einige Geldscheine hin. Dreihundert Euro. Woher hat Simon das Geld?

Einen Moment wirkt auch Max irritiert.

»Vielleicht spart er auf etwas Bestimmtes.«

»Dafür hat er ein Sparbuch, das weiß ich.«

»Also eine heimliche eiserne Reserve.«

Dann hätte er sie doch mitgenommen, denke ich.

Die Angst kriecht wieder in mir hoch.

Max hält mich ganz fest im Arm und beruhigt mich. Sucht nach Erklärungen, warum Simon das Geld hiergelassen hat.

»Er hat es vergessen.«

»Er braucht es nicht, weil er bald wiederkommt.«

»Er ist bei irgendeiner Party hängen geblieben.«

Wir wissen gar nichts.

Wir spekulieren.

Wir wollen unserer Angst ein Gesicht geben, damit wir ihr nicht ganz so hilflos ausgeliefert sind.

Ich werde panisch, mache mich von Max los und stelle das Zimmer auf den Kopf – ohne Rücksicht auf Ordnung und Privatsphäre.

Hektisch öffne ich den Kleiderschrank, werfe alles heraus, was ich finde.

Hinter den T-Shirts liegt ein teurer iPod.

Neu. Noch verpackt.

Woher kommt der? Was macht er hier?

Max zieht aus der Sporttasche eine Playstation.

Warum versteckt Simon die Sachen?

Hat er sie geklaut? Wollte er sie unter der Hand verkaufen?

Hinter einigen Büchern ein neues, noch verpacktes Handy.

Irritiert starre ich auf das Teil in meiner Hand.

Ich kann das alles nicht verstehen.

Was hat das hier mit Simon zu tun?

Warum ist sein Zimmer ein Warenlager?

Was verbirgt sich hinter dieser Fassade aus Basketball und Überraschungseiern?

»Woher hat Simon das Geld für all die Sachen?«

Ratlos sehe ich zu Max, als müsste er die Antwort wissen. Aber er zuckt nur die Schultern.

»Ihr habt doch öfter miteinander geredet«, bohre ich nach.

»Ja, klar.«

»Er hat dir doch bestimmt auch Sachen erzählt, mit denen man nicht gleich zu seinen Eltern läuft.«

»Aber nichts Wichtiges.«

»Jetzt ist alles wichtig.«

Max sieht mich eindringlich an. »Meinst du wirklich, ich würde dir etwas verschweigen, was uns weiterhelfen könnte?«

Ich bin froh, dass ich wenigstens ihm vertrauen kann.

Max sieht sich noch Simons Handy an.

Warum hat er es liegen lassen?

Das irritiert mich am meisten.

Dass er keine Kleidung mitgenommen hat, okay.

Dass er das Geld vergessen hat, auch möglich.

Aber sein Handy hatte Simon immer dabei.

»Das Adressbuch ist leer, Nummern weg, letzte Anrufe gelöscht. Das sieht nach Absicht aus.«

»Er hat selbst die Spuren verwischt?«

Max nickt: »Und er hat das Handy hiergelassen, damit ihn niemand orten kann.«

»Warum sollte er untertauchen?«

Gute Frage. Keine Antwort.

Ratlos sitze ich auf dem Bett.

»Es ist alles so untypisch für ihn. Teure Sachen, verstecktes Geld, Wodka …«

»… da kann es doch auch sein, dass er für ein paar Tage abhaut.«

Klingt logisch und harmlos, was Max sagt – und es nimmt mir für einen Moment die Angst.

Ich lehne mich an Max. Er legt den Arm um mich, spricht leise und beruhigend auf mich ein. Ich spüre seine Nähe und ich genieße sie, trotz der Angst um Simon.

Meine Hände zittern nicht mehr.

Mir ist auch nicht mehr kalt.

Was sollen wir meinen Eltern erzählen?

Simon spielt Ballerspiele.

Er trinkt Wodka.

Er hat Geld rumliegen und kauft teure Sachen.

»Ich bin für absolute Offenheit«, erklärt Max. »Deine Eltern haben ein Recht darauf zu erfahren, was wir hier gefunden haben. Vielleicht haben sie eine Idee, woher die Sachen stammen. Oder wie wir weitermachen können.«

Max hat recht. Offenheit ist total wichtig bei dieser Geschichte. Trotzdem bin ich unsicher und zögere.

»Natürlich wird es ihnen wehtun«, fügt er leise hinzu.

Typisch Max. Er sieht die andere Seite. Er bedenkt die Folgen. Das ist manchmal ganz schön anstrengend, weil er so rational sein kann. Dann wünsche ich mir, er wäre spontan, verrückt, sorglos. Albern und kindisch, so wie andere Verliebte. Aber jetzt bin ich froh, dass er klar und analytisch denkt.

»Wir sagen noch nichts«, entscheide ich spontan. »Geld, iPod und so nehme ich mit zu mir rüber und du löschst das Computerspiel vom PC.«

Max nickt: »Wahrscheinlich hast du recht. Deine Eltern haben heute genug mitgemacht. Alles andere hat Zeit.«

»Ich will erst mal eine Nacht drüber schlafen – und dann kann ich es ihnen immer noch sagen.«

Meine Eltern haben mit ihrer Telefonaktion nichts erreicht.

Simon ist nirgends.

Keiner hat ihn gesehen.

Er ist wie vom Erdboden verschluckt.

»Was ist in seinem Zimmer?«, fragt mein Vater, während meine Mutter leise vor sich hinweint.

»Nichts Besonderes«, lüge ich.

Max kommt mir zu Hilfe.

»Auf dem Computer Mails an Freunde, ganz normal. Keine Anzeichen, dass was nicht stimmt.«

Ich fühle mich mies. Vielleicht habe ich wichtige Hinweise beiseitegeschafft. Aber meine Eltern sehen jetzt schon so fertig aus. Dad reibt sich müde die Augen.

»Wir sollten noch Sebastian verständigen.«

Mums Gesicht verändert sich von einer Sekunde auf die andere. Neue Hoffnung keimt auf. Das Grau verschwindet von ihren Wangen, kleine rote Flecken tauchen auf, sie wirkt nervös und lebendig zugleich. Sofort greift sie zum Telefon: »Warum sind wir da nicht früher draufgekommen? Er wird bei Sebastian sein. Wie früher.«

Max sieht mich fragend an.

»Wir haben öfter mal bei Mums Bruder in Frankfurt ein paar Ferientage verbracht.«

Gerade noch ein Häufchen Elend, ist meine Mutter jetzt voller Zuversicht. Doch das hält nur eine knappe Minute. Denn Simon ist nicht bei Onkel Sebastian. Mum sinkt traurig und ratlos in sich zusammen. Wieder so ein Strohhalm, an den wir uns für einen Moment geklammert haben. Vergeblich.

»Wir können heute nichts mehr tun«, sagt Dad.

»Ich verständige die Polizei«, widerspricht Mum.

»Die werden vor morgen früh auch nichts unternehmen«, behauptet Dad.

»Woher willst du das wissen?« Meine Mutter ist in Streitlaune.

»Habt ihr Oma und Opa schon Bescheid gesagt?«, unterbreche ich die aufkommende Diskussion.

»Meinen Eltern sagen wir erst mal gar nichts«, meint Dad. »Bis nach Mallorca wird sich Simon wohl kaum durchschlagen. Und was mit Christines Eltern ist …«

Dad sieht Mum fragend an.

»Das hat nun wirklich Zeit«, meint Mum und wischt sich die Tränen ab. »Es reicht, wenn ich mit den Nerven am Ende bin.«

»Es ist spät, ich lege mich etwas hin«, sagt Dad.

»Du wirst doch jetzt nicht schlafen wollen!«

Bevor sie weiterstreiten, verschwinde ich mit Max nach oben.

Max bleibt diese Nacht bei mir. Meine Eltern sehen das nicht gern. Es gab heftige Auseinandersetzungen, bis sie das erlaubt haben. Doch ich habe nicht lockergelassen. Irgendwann haben Mum und Dad nachgegeben. Bedingung war, dass ich sie jedes Mal vorher frage. Damit sie auch jede gemeinsame Nacht noch abnicken können. Heute habe ich nicht gefragt. Aber heute ist sowieso alles anders.

Wir liegen im Bett, Max hält mich im Arm. Wir flüstern leise.

Sonst sind das für mich die schönsten Momente. Draußen ist es still, meine Eltern noch unten im Wohnzimmer, Max und ich allein. Max streichelt mich behutsam, aber es kommt keine romantische Stimmung auf. Ich kann meine Gedanken nicht von Simon lösen.

Wo ist er und was macht er?

War es richtig, den Eltern nichts von unseren Funden in seinem Zimmer zu erzählen?

»Sie waren jetzt schon so durch den Wind, das hätte sie nur zusätzlich deprimiert.«

Ich bin froh, dass Max das sagt. Es beruhigt mein schlechtes Gewissen.

Vielleicht ist Simon morgen wieder da.

Vielleicht ist das alles nur ein böser Traum.

Vielleicht gibt es für all das eine gute Erklärung.

Vielleicht aber auch nicht. Was dann?

3. Kapitel

Es klingelt an der Tür. Nicht zaghaft, vorsichtig, sondern laut, fordernd und vor allem lange. Ich öffne die Augen, sehe auf den Wecker. Es ist drei Uhr morgens, ich habe nicht einmal zwei Stunden geschlafen. Ich spüre Max, er schmiegt sich an meinen Rücken und brummt leise: »Ich habe gerade so schön von dir geträumt.«

Es ist Simon, denke ich sofort und springe aus dem Bett. Wieder ignoriere ich vollkommen, dass er einen Schlüssel hat und deshalb nicht klingeln, sondern einfach aufsperren würde.

Da höre ich unten eine fremde männliche Stimme.

»Sie haben also bei uns angerufen.«

»Danke, dass Sie so schnell gekommen sind.« Das ist die Stimme meiner Mutter.

»Das ist doch selbstverständlich«, sagt der Mann.

Dann verschwinden die Stimmen im Wohnzimmer, ich höre noch, wie jemand die Türe schließt.

»Ich glaube, meine Mutter hat die Polizei eingeschaltet.«

Max richtet sich auf und macht die Nachttischlampe an. Ich ziehe mir schnell etwas über. Max sieht mir dabei zu. Es ist mir nicht ganz recht, sein begehrlicher Blick passt jetzt nicht. Er merkt es, sieht weg.

»Gehst du runter?«

Ich nicke.

»Findest du es blöd, wenn ich nicht mitkomme?«

»Ich fände es schön, wenn du bei mir wärst.«

»Deine Eltern wissen doch gar nicht, dass ich hiergeblieben bin. Und da sie es sowieso nicht gerne sehen … Ich komme mir komisch vor, wie ein Eindringling.«

Ich bin ein bisschen enttäuscht, aber vielleicht hat er recht. Auch wenn ich nicht glaube, dass Mum und Dad gerade jetzt das Thema Übernachten neu aufrollen.

Als ich gehen will, hält Max mich zurück. Er steht auf, nimmt mich in den Arm, küsst mich.

»Ich bin für dich da, Lara, auch wenn ich jetzt nicht mit runterkomme, okay?«

»Ich weiß«, sage ich. »Danke.«

Zwei Streifenbeamte sitzen mit meinen Eltern am Esstisch. Der eine stellt Fragen, macht sich Notizen, der andere sieht sich um. Unauffällig eigentlich, aber ich merke sofort, dass er versucht, sich von dieser Familie ein Bild zu machen.

Meine Mutter hat dasselbe an wie vor ein paar Stunden, als ich ins Bett gegangen bin. Sie hat also noch gar nicht geschlafen. Ihre Augen sind gerötet, sie spielt nervös mit einem Untersetzer, der auf dem Tisch liegt.

Mein Vater hingegen ist im Morgenmantel. Offenbar war er im Bett.

»Ich wollte eigentlich morgen früh bei Ihnen auf der Dienststelle vorbeikommen.«

Dabei wirft er einen Blick auf meine Mutter, als wollte er sagen: So lange hätte das doch noch Zeit gehabt.

»Ich dachte, je früher Sie etwas unternehmen, desto besser«, rechtfertigt sich meine Mutter.

Der eine Polizist sieht kurz in die Unterlagen: »Ihr Junge ist also seit Freitag kurz nach 13 Uhr verschwunden, da hat ihn sein Freund offenbar das letzte Mal gesehen.«

»Aber jetzt können Sie ohnehin nichts unternehmen, mitten in der Nacht«, will mein Vater sein Verhalten erklären.

Meine Mutter wirft ihm einen eisigen Blick zu.

»Verstehen Sie mich nicht falsch, natürlich mache ich mir Sorgen und ich habe auch Angst, aber ...«

Der eine Polizist sieht mich in der Tür stehen. Meine Eltern waren bisher so sehr in ihre Debatte verstrickt, dass ihnen mein Kommen gar nicht aufgefallen ist.

»Das ist unsere Tochter Lara«, sagt mein Dad jetzt.

Unzählige Fragen.

War irgendetwas Besonderes?

Hat Simon sich verändert?

Neue Freunde, andere Hobbys, Heimlichkeiten?

Mehr Geld, weniger Geld?

Gab es Probleme in letzter Zeit?

Mein Dad schüttelt den Kopf: »Wir haben ein gutes Verhältnis zu unseren Kindern.«

In diesem Moment richten sich alle Augen auf mich.

»Simon ist eher ein Stubenhocker als ein Rumtreiber. Streit gab's auch nicht«, erkläre ich und meine Eltern nicken zustimmend.

»Könnte doch sein, dass ihn etwas bedrückt hat«, insistiert der eine Beamte. »Hättest du das mitbekommen?«

Ich überlege. Hätte ich es gemerkt? Nicht unbedingt. Simon war kein sehr offener Mensch. Er konnte zwar sehr herzlich und ansteckend lachen, und ich war mir sicher, dass ihm spätestens in einem Jahr alle Mädchen unter sechzehn nachlaufen würden, aber im Moment war er noch zu jung, um wirklich Liebeskummer zu haben. Dachte ich jedenfalls.

Als hätte er meine Gedanken erraten, fragt der eine nach: »Ein Mädchen vielleicht?«

»Deshalb muss man doch nicht weglaufen«, brummt mein Vater.

»Enttäuschte Liebe …«, beginnt der Polizist und meine Mutter wird blass.

»Sie meinen, er könnte sich etwas angetan haben?«

Die Polizisten weichen beide ihrem Blick aus. Doch man sieht ihnen an: Das haben sie schon öfter erlebt. Auch mich trifft dieser Gedanke wie ein Schlag. Simon und Selbstmord? Das ist doch ausgeschlossen!

»Die meisten Ausreißer tauchen nach ein paar Tagen wieder auf«, versucht einer der Streifenbeamten, die Situation zu entschärfen. Bei Dad gelingt ihm das auch, der atmet erleichtert durch, schöpft neue Hoffnung.

»Vielleicht wollte er wirklich nur übers Wochenende …«

Doch Mum will sich nicht an diesen Strohhalm klammern.

»Er ist schon ein ganzes Wochenende verschwunden. Und unser Simon ist nicht so.«

Die Polizisten wechseln einen unbehaglichen Blick.

»Können wir sein Zimmer sehen?«, fragt der eine.

Meine Eltern nicken.

»Sie haben sicherlich schon selbst nach Hinweisen gesucht«, vermutet sein Kollege.

Mum und Dad sehen mich an.

Ich überlege fieberhaft.

Was soll ich sagen?

Die Wahrheit?

Soll ich erzählen, was Max und ich alles gefunden haben?

»Ich habe mal seine Sachen durchgesehen«, erkläre ich und verschweige, dass Max dabei war. Meine Eltern sagen auch nichts, vermutlich halten sie es für unwichtig. Oder sie haben es wirklich vergessen. »Aber ich habe nichts Besonderes gefunden«, lüge ich. Ob das richtig ist, weiß ich nicht. Aber ich habe nur eine Sekunde zum Überlegen, und diese Sekunde reicht nicht aus, um eine echte Entscheidung zu treffen. Ich halte mich an das, was ich mit Max besprochen habe: Wir können später immer noch die Wahrheit erzählen.

Aber was haben wir schon gefunden? Etwas Geld, ein paar neue Sachen, Wodka.

Das alles ist nun in meinem Zimmer deponiert. Erklärt es, warum Simon verschwunden ist? Ich finde, nein.

Die Beamten sind schon oben. Sie sehen sich im Zimmer um. Einer macht sich kurz an Simons Computer zu schaffen, der andere geht die Regale entlang, durchsucht dann die Schubladen.

»Was lag auf dem Schreibtisch?«, fragt er mich.

»Das, was jetzt auch draufliegt«, erwidere ich wahrheitsgemäß.

»Kein Abschiedsbrief?«

Meine Mutter, die in der Tür steht, zieht hörbar die Luft ein. Ich schüttle den Kopf.

»Kein Hinweis?«

Wieder Kopfschütteln.

»Notizbuch?«

»War nicht da. Ich weiß gar nicht, ob er eins hat. Aber sein Handy hat er dagelassen.«

Die Polizisten wechseln einen Blick. Das passt ihnen offenbar nicht.

Ein Beamter geht einige Dateien auf Simons Computer durch. Besonders interessant scheinen diese nicht zu sein.

»Kann es sein, dass er die wirklich wichtigen Sachen auf einen Stick gezogen hat?«

»Ich habe nirgends einen gesehen, er müsste ihn also mitgenommen haben.«

»Fehlt denn Kleidung? Geld?«

Meine Mutter hört diese Fragen mit zunehmendem Staunen.

»Das klingt so, als wäre mein Sohn einfach mal eben verreist. Packt seine Sachen, nimmt etwas Geld, ein paar Dateien und auf in die schöne, weite Welt.«

»Ich wäre froh, wenn's so wäre«, brummt Dad.

Wieder ein kalter Blick meiner Mutter.

Die Polizisten gehen auf diese Debatte nicht ein. Einer blättert in den Schulheften, der andere stöbert im Schrank.

»Sie haben alle Freunde angerufen?«

Nicken.

»Die Verwandten? Vielleicht ist er bei den Großeltern?«

»Meine Eltern wohnen auf Mallorca«, sagt Dad. »Da kommt er ja wohl kaum hin mit fünfzehn Jahren.«

»Fragen Sie lieber mal nach«, rät der Polizist.

»Ich wollte sie nicht gleich beunruhigen. Außerdem glaube ich, sie hätten sich sofort gemeldet, wenn Simon dort aufgetaucht wäre.«

»Trotzdem: Nachfragen bringt Klarheit.«

Die Polizisten wollen ein Foto von Simon.

Sie schreiben auf, welche Kleidung er getragen hat, als wir ihn zum letzten Mal gesehen haben.

Sie werden Fahndungsplakate machen lassen, kündigen sie an. Die Presse benachrichtigen. Außerdem werden sich Kollegen von der Vermisstenstelle bei uns melden. Die Polizisten geben jedem von uns die Hand, dann gehen sie. Kein Trost, kein beschwichtigendes Wort. Aber mir ist es lieber so. Jeder aufmunternde Satz klingt jetzt wie eine Lüge.

Als sie weg sind, beginnt meine Mutter leise zu weinen. Mein Vater nimmt sie in den Arm und redet beruhigend auf sie ein. Wie entsetzlich das alles sei, dass es ihm auch nicht gut gehe, dass wir das gemeinsam durchstehen, dass er sie in ihrem Kummer nicht allein lasse. Dass er immer für sie und ihre

Angst da sei. Er habe diese Angst ja auch, selbst wenn er es nicht so zeigen könne.

Ich lasse die beiden allein, denn ich habe das Gefühl, dass ich störe. Max hat sich die ganze Zeit nicht gerührt, vielleicht ist er wieder eingeschlafen. Da es schon fast sechs Uhr ist, gehe ich ins Bad. Ich kann mich jetzt nicht mehr hinlegen.

Die Lara, die mir aus dem Spiegel entgegenblickt, sieht fast aus wie immer. Die Haut unter den Augen ein bisschen durchsichtiger, vielleicht weil sie so wenig geschlafen hat. Die Augen rot, weil sie ja doch geweint hat aus Angst um ihren Bruder. Das rotblonde Haar verstrubbelt, die Locken stehen nach allen Seiten ab. Das könnte nett aussehen, jetzt nervt es nur. Blass ist sie, aber das ist sie immer. Doch heute sind sogar die vielen Sommersprossen etwas blasser.

Ein bisschen Make-up könnte helfen. Aber ich habe keine Lust, irgendetwas zu ändern. Ich kann meine Angst nicht überschminken. Ich will auch nicht duschen. Es kommt mir vor, als wollte ich all den Kummer der letzten Nacht wegwaschen. Das geht nicht. Ich möchte nicht in den Alltag zurück, solange Simon weg ist.

Mein Blick löst sich vom Spiegelbild. Als ich ihn senke und den Wasserhahn aufdrehen will, sehe ich den Becher mit Simons Zahnbürste. Jetzt ist es vorbei mit meiner Selbstbeherrschung. Ich muss würgen und mir wird schwindlig. Kein Wunder. Ich habe seit gestern Mittag kaum was gegessen und ich kann mir überhaupt nicht vorstellen, jemals wieder Appetit zu haben.

Mir fallen die letzten Streitereien mit Simon ein, die kleinen Gemeinheiten des Alltags, mit denen wir uns gegenseitig das Leben schwer gemacht haben. Wie ich mich mit meinen Freundinnen über den kleinen Bruder lustig gemacht habe, wie er mir Öl ins Shampoo gemischt hat und meine Haare tagelang fettig herunterhingen, weil ich das Zeug nicht rausgebracht habe. Einmal habe ich Max erzählt, ich wäre so gerne ein Einzelkind gewesen. Wünsch dir das bloß nicht, hat er gesagt. Dann bist du mit deinen Eltern ganz allein – und das ist nicht immer lustig. Daran muss ich jetzt denken. Nein, lustig ist anders.

4. Kapitel

Ich hocke in meinem Zimmer auf dem Boden. Durch die Jalousienschlitze dringt Sonnenlicht.

Max liegt im Bett, ganz ruhig. Er ist tatsächlich wieder eingeschlafen.

Trotz des frühen Morgens ist es schon ziemlich heiß im Zimmer. Ende August, seit Tagen herrscht brütende Hitze, aber mir ist kalt. Ich ziehe einen Pullover über mein T-Shirt.

Meine Hände zittern etwas, sie sind eisig. Ich reibe sie aneinander.

Ich würde sie gerne unter heißes Wasser halten. Aber dazu müsste ich noch einmal ins Bad. Ich will da nicht hin. Ich kann Simons Zahnbürste nicht noch einmal ansehen.

Unwillkürlich sehe ich mich in meinem Zimmer um und vergleiche es mit Simons, das wir gestern so genau unter die Lupe genommen haben.

Vor zwei Jahren habe ich alles rausgeworfen, was an ein kleines Mädchen erinnert. Puppen, Kuscheltiere, Poster an der Wand, alles weg. Was noch von früher geblieben ist: die Pinnwand mit Fotos und Notizen.

Ansonsten sollte alles sehr cool und erwachsen werden. Kein Teppich auf dem Parkett, weiße Wände mit ausgesuchten Kunstdrucken, raus mit den Kinderbüchern, raus mit dem Krimskrams. Sogar ein neues Bett habe ich mir gekauft. Gegen den massiven Widerstand meiner Eltern. Aber ich wollte nicht mehr auf 90 Zentimetern schlafen. »Es ist doof, wenn eine Freundin zu Besuch kommt und sie muss am Boden pennen«, habe ich argumentiert. Das haben mir Mum und Dad nicht geglaubt. Sie dachten, da wäre ein Junge im Spiel. War damals zwar nicht so, aber ich habe eben vorausschauend geplant. Mit ziemlich viel Hartnäckigkeit und Omas finanzieller Unterstützung habe ich bekommen, was ich wollte. In diesem Bett liegt jetzt Max. An der Pinnwand sein Foto. Und eines von unserer Familie aus dem letzten Urlaub.

Dad hat gerade Kaffee gekocht, als ich in die Küche komme. Ich gieße mir eine Tasse ein, nicht um zu trinken, sondern um meine kalten Hände um die Tasse zu legen. Damit sie warm werden, damit das Zittern aufhört. Mein Vater sieht mich besorgt an.

»Du musst heute nicht zur Schule, wenn du nicht willst.«

Vor einer Woche hat das neue Schuljahr begonnen. In anderen Bundesländern sind noch Ferien, aber wir fangen immer dann wieder an, wenn es richtig heiß ist – Mitte August. Eine Woche Unterricht, das erste Wochenende im Schuljahr, Simon ist weg. Einfach weg.

Dad fragt nach, ob ich nicht lieber zu Hause bleiben will. Ich nicke nur, weil ich nicht antworten kann. Ich würde dann wieder in Tränen ausbrechen. Gerade erst habe ich meine Selbstbeherrschung wiedergefunden nach dem Breakdown im Bad.

Mum steht im Wohnzimmer vor dem Aquarium. Es ist Simons Aquarium, es hat mich nie interessiert. Ich mag Musik, mir gehört das Klavier in der anderen Ecke des Wohnzimmers.

Mum betrachtet nachdenklich die Fische. Dad nimmt mich beiseite, sodass Mum uns nicht hört.

»Hast du eine Ahnung, wie man diese Fische füttert?«

»Einfach was reinstreuen.«

»Und was ist mit Wasser und Pflanzen, muss man da irgendwas austauschen, wie ist es mit dem Sauerstoff und so?«

Ich sehe Dad nachdenklich an, denn ich ahne, was er meint. Keiner von uns weiß, was man mit so einem Aquarium machen muss. Simon hat sich allein darum gekümmert. Wenn er ein paar Tage weg war, hat er alles so vorbereitet, dass nichts schiefging. Wenn wir nicht aufpassen …

Mum wendet sich um und bemerkt unsere Blicke.

»Ihnen darf nichts passieren«, sagt sie fest, und

wir wissen, dass für sie das Schicksal Simons untrennbar mit dem seiner Fische verbunden ist.

Wir trinken Kaffee, aber niemand will etwas essen. Max ist auch aufgestanden. Zögerlich kommt er herunter, erwartet offenbar eine kritische Bemerkung meiner Eltern, weil er ohne ihre Erlaubnis über Nacht geblieben ist. Aber sie gehen darauf gar nicht ein. Stattdessen erzählen Mum und Dad ihm vom Gespräch mit den Polizisten, froh, dass sie einen aufmerksamen Zuhörer haben, dass sie die ganze Szene noch einmal durchgehen können. Öfter wechseln Max und ich einen Blick, gerade wenn es darum geht, was sie in Simons Zimmer gefunden und vor allem, was sie nicht gefunden haben.

»Auf die Idee, dass Simon einen Abschiedsbrief hinterlassen haben könnte, bin ich gar nicht gekommen«, sagt Max.

»Ich auch nicht«, flüstert meine Mutter, und ich sehe, dass sie wieder den Tränen nahe ist.

»Aber das ist doch ein gutes Zeichen, wenn kein Brief da ist«, meint Max aufmunternd und Mum lächelt ihm dankbar zu.

»Ich rufe in der Buchhandlung an und gebe Bescheid, dass du nicht kommen kannst«, entscheidet mein Vater. »Ich sage noch nicht warum, das erfährt Petra früh genug, oder?«

Meine Mutter nickt und wir alle wissen: Würde Petra jetzt hören, dass Simon verschwunden ist, sie würde uns ihre Betroffenheit überstülpen wie eine schwere Decke. Natürlich auch ihren Kunden die Neuigkeiten brühwarm erzählen. Dabei hoffen wir doch, dass der Albtraum vorüber ist, bevor die Fahndungsmaschine der Polizei wirklich angelaufen ist und die Gerüchteküche brodelt.

»Dem Direktor sage ich, was los ist«, entscheidet Dad. »Er erfährt es ja sowieso. Vielleicht rede ich auch noch mit einigen Schülern. Wer weiß, wann die Polizei sich darum kümmert.«

Mein Dad ist Lehrer an dem Gymnasium, auf das auch ich und Simon gehen.

Ich sehe, wie sich die Hände meiner Mutter um die Tischkante verkrampfen, bis die Knöchel weiß hervortreten.

Dad steht auf und gibt Mum einen Kuss auf die Wange.

Wir hören, wie die Tür ins Schloss fällt. Genau wie am Freitagmorgen, als Simon und ich zur Schule gefahren sind.

Wusste Simon da schon, dass er nicht mehr zurückkommt?

Max nimmt unter dem Tisch meine Hand und drückt sie. Wir lächeln uns zaghaft an, aufmunternd, tröstend. Sein Handy klingelt in diesen Moment des

Schweigens hinein. Seine Mutter. Verärgert, dass ihr Sohn lieber bei seiner Freundin übernachtet hat als in der kleinen Bude, die sie mit ihm teilt. Frau Hartmann und ich liefern uns einen stillen, aber ausdauernden Kampf um Max. Sie möchte ihren einzigen Sohn nicht hergeben. Aber ich weiß: Sie hat schon verloren, sie will es nur noch nicht wahrhaben. Im Winter hat es auf einer Schulparty zwischen Max und mir gefunkt. Schon nach wenigen Tagen war uns klar, es ist was Ernstes. Meine Eltern wollten mir einreden, ich sei noch zu jung. Natürlich sei der erste Freund etwas Besonderes, aber ... Ich mag es nicht, wenn sie die verständnisvollen Erwachsenen spielen und mir doch nur etwas ausreden oder ihre Meinung aufdrängen wollen.

»Entscheide dich nicht so früh«, hat auch Max' Mutter gesagt, als er mich ihr vorgestellt hat. Ich fand das ganz schön unverschämt. Aber später wurde mir klar: Sie redete von sich. Sie hat sich früh entschieden – für den falschen Mann.

Max redet nicht viel über seine Eltern. Als er zehn Jahre alt war, ist sein Vater ausgezogen. Max sagt, er sei so sauer auf seinen Dad gewesen, dass er ihn nie mehr sehen wollte. Er hatte das Gefühl, sein Vater hätte nicht nur seine Mutter, sondern auch ihn verlassen. Dabei hat sich Herr Hartmann offenbar bemüht, mit Max Kontakt zu haben. Aber der hat es ihm nicht leicht gemacht. »Und jetzt bin ich volljährig, jetzt brauche ich ihn nicht mehr«, sagt Max, wenn ich ihn danach frage. Seine Mutter arbeitet hart, verdient wenig, raucht viel, trinkt ab und zu ein Gläschen und schlafft abends regelmäßig vor dem Fernseher ab. Max hasst das. Ihm wäre lieber, sie würde mehr aus sich und ihrem Leben machen. Er will nicht werden wie sie. Max ist ein Kämpfer, er hat Pläne und Ziele. Auch das gefällt mir an ihm.

Max geht hinaus und spricht beruhigend auf seine Mutter ein. Natürlich ist sie sauer. Was er ihr sagt, kann ich nicht hören, aber dem Tonfall nach muss er seine ganze Überzeugungskraft aufbringen, um sie zu besänftigen.

Meine Mutter sitzt nur da und rührt in ihrer Tasse Kaffee. Sie hat nichts gegessen, müde und mitgenommen sieht sie aus. Nicht einmal geschminkt hat sie sich. So würde sie normalerweise nicht herumlaufen. Aber das ist ihr jetzt sicher egal.

Max winkt mir aus dem Flur zu: Ich soll kommen. Leise stehe ich auf, folge ihm die Treppe hinauf in mein Zimmer.

»Die Polizei hat nicht gemerkt, dass wir Simons Bude schon gecheckt haben?«, fragt er leise.

Ich schüttle den Kopf. »Aber ich fühl mich nicht gut dabei.«

»Was hilft ihnen eine halbe Flasche Wodka bei der Suche nach Simon?«

Das beruhigt mich wieder etwas.

»Auf dem Computer haben sie auch nichts gefunden«, sage ich.

»Da war ja auch nichts drauf«, antwortet er.

»Außer diesem komischen Spiel um Macht und Herrschaft.«

»Das war ja dermaßen untypisch für Simon. Besser, dass ich es gelöscht habe.«

Stimmt. Es hätte die Polizei auch auf eine falsche Fährte setzen können. Simon als potenzieller Amokläufer? Lächerlich.

Ich lasse mich nur zu gern von Max' Argumenten überzeugen, von seiner Stimme beschwichtigen. Er gibt mir einen Kuss, zieht mich an sich.

»Ich muss zur Arbeit«, sagt er. »Dann schau ich kurz bei meiner Mutter vorbei. Wenn du willst, kann ich abends wiederkommen.«

Ich schmiege mich an Max, suche Trost und Halt in seinem Arm.

»Ich glaube, du tust uns im Moment allen gut«, sage ich leise.

»Ich bin gerne bei dir, das weißt du doch, Lara.«

»Aber doch nicht an einem so schlimmen Tag.«

»Ich bin kein Schönwetterfreund.«

Das ist kein Spruch und dafür liebe ich Max nur umso mehr.

Das Haus ist still, wie verlassen. Obwohl meine Mutter und ich zu Hause sind. Sie geht ins Bad und bleibt lange dort. Als sie herauskommt, sieht sie fast aus wie immer. Gut gekleidet, dezent geschminkt, perfekt frisiert. Sie lächelt mich traurig an.

»Alles nur Fassade«, sagt sie. »Aber ich will einigermaßen gepflegt aussehen, wenn nachher die Polizei kommt. Es soll schließlich nicht heißen, wir seien eine verwahrloste Familie.«

Ich lächle krampfig zurück. Sehe aus dem Fenster. Einer der Nachbarn eiert auf seinem Fahrrad vorbei. In diesem Moment durchzuckt mich ein Gedanke wie ein Blitz.

Simon und ich fahren jeden Tag mit dem Rad zur Schule.

Wo ist sein Rad jetzt?

Steht es irgendwo?

Ist er damit abgehauen?

Wie weit kommt man mit einem guten Trekkingrad?

Und vor allem: Warum haben wir daran noch nicht gedacht?

Eine Idee. Eine Chance, etwas unternehmen zu können.

Nicht nur herumsitzen und warten, sondern selbst aktiv werden, etwas herausfinden, Simon finden, den Albtraum beenden.

Ich habe das Gefühl: Das ist eine heiße Spur.

Meiner Mutter sage ich, dass ich kurz an die Luft muss.

Sie nickt nur, starrt auf das Aquarium, streut etwas Futter hinein, beobachtet die Fische. Niemand würde denken, dass Mum sonst ein lebensfroher, lustiger Mensch ist. Von ihr hat Simon sein ansteckendes Lachen, von ihr hat er die freundlichen blauen Augen. Sie wirken bei ihr heute wie erloschen.

Einige Nachbarn werfen mir komische Blicke zu, als ich die Straße entlanglaufe.

Die Blicke sagen: Warum bist du nicht in der Schule? Kathrin, die mit Mann und drei Kindern gegenüber wohnt, weiß mehr und fragt mehr. Wahrscheinlich war sie nachts wegen ihres jüngsten Sohnes wach und hat den Polizeiwagen vor unserer Tür gesehen. Sie schießt aus dem Haus und konfrontiert mich mit ihrer Beobachtung: »Was ist bei euch los?«

»Mama ist zu Hause, rede mit ihr«, sage ich nur und ich weiß, dass meine Mutter ab sofort beschäftigt ist. Kathrin wird zuhören und reden, helfen und trösten, raten und anpacken.

Ich sehe in jeden Vorgarten, ich starre auf jedes Fahrrad.

Ständig habe ich das Gefühl: Gleich um die Ecke lehnt Simons Rad – und das ist der Schlüssel zur Lösung dieses unheimlichen Rätsels.

Doch mit jedem Meter Schulweg wächst die Enttäuschung. Es gibt viele Räder, sie stehen vor Haustüren, lehnen an Verkehrsschildern, liegen auf dem Boden. Aber keins sieht aus wie das von Simon.

Kurz vor dem Schulhof steigt meine Aufregung noch einmal.

Hier wird es sein.

Er hat es hier stehen lassen.

Ich finde es.

Ich finde auch einen Hinweis, wo er von hier aus hingegangen ist.

Aber nichts.

Hunderte von Rädern, ich sehe mir jedes an. Voller Hoffnung, voller gespannter Erwartung. Ich kann etwas tun, ich verfolge eine Spur.

Simons Rad hat eine Hupe in Form eines Totenschädels. Doch selbst ohne diese Hupe würde ich das Rad erkennen. Er hat die weiße Stange mit einem roten Klebeband umwickelt. Die rot-weißen Streifen erinnern an eine Polizeiabsperrung.

Ich sehe Schülerinnen und Schüler, selbst Lehrer. Keiner kommt auf mich zu, keiner fragt mich was.

Wissen sie Bescheid?

Möchten sie lieber nicht mit mir sprechen?

Wollen sie mich in Ruhe lassen?

Die Spannung bleibt bis zum allerletzten Rad, dann sinkt sie rapide unter null.

Nichts. Simons Rad ist nicht hier.

Er ist also damit zur Schule gefahren und von dort weg. Aber wohin?

Ich will schon gehen, da kommt Dad aus dem Gebäude, direkt auf mich zu.

»Ich habe dich von oben aus dem Lehrerzimmer gesehen.«

»Ich suche Simons Rad«, sage ich.

»Eine gute Idee. Aber du bist krankgemeldet, also lauf bitte nicht hier herum.«

»Ist das jetzt nicht auch schon egal?«, frage ich.

Einen Moment stutzt er, der korrekte Mathelehrer. Dann nickt er.

Ich würde gerne weitersuchen, aber ich kann nicht. Dieser heftige Wechsel von Hoffnung und Enttäuschung macht mich völlig fertig. Ich bin plötzlich steinmüde, habe keine Kraft mehr, will mich verkriechen. Ich gehe nach Hause.

In der Küche sitzen meine Mutter und Kathrin. Unsere Nachbarin hat frischen Kaffee gekocht und will Mum überreden, etwas zu essen.

»Niemandem ist geholfen, wenn du jetzt umkippst, Christine«, sagt sie, aber meine Mutter geht nicht darauf ein.

»Ich habe solche Angst, dass ihm etwas zugestoßen ist.«

»Vielleicht ist er wirklich nur für ein paar Tage auf und davon.«

Der Blick meiner Mutter ist vernichtend. Aber Kathrin merkt das nicht, sie macht sich, ganz Hausfrau, in unserer Küche zu schaffen.

»Ich koch uns jetzt erst mal eine ordentliche Mahlzeit. Wir brauchen alle Kraft«, verkündet sie und übernimmt unseren Haushalt.

»Hast du schon Oma und Opa angerufen?«, frage ich.

Mum schüttelt den Kopf.

»Die Polizei hat doch gesagt …«, ermahne ich sie.

»Die sollen lieber weniger reden und dafür was tun.«

Dann aber nimmt sie doch das Telefon und geht ins Wohnzimmer. Ich verschwinde auch. Denn wenn ich nicht aufpasse, drängt mir Kathrin ein Gespräch auf und kommandiert mich zu niedrigen Küchendiensten wie Kartoffelschälen ab.

Mums Telefonat mit ihren Eltern dauert über eine Stunde. Ihre Stimme dringt bis nach oben in mein Zimmer. Sie redet laut, Oma hört nicht mehr besonders gut.

»Ich muss jetzt Schluss machen, damit die Leitung frei ist. Falls Simon anruft.«

Das sagt sie immer wieder. Wie eine Beschwörung klingt das. Dann spricht sie doch weiter.

Wahrscheinlich stellen Oma und Opa Hunderte

von Fragen. Opa hat bestimmt schon eine Herztablette genommen. Oder irgendwas gegen hohen Blutdruck.

»Die Polizei denkt, er macht sich nur ein paar schöne Tage in der Stadt«, sagt sie, dann eine Pause. Vermutlich redet Oma.

»Wir wissen doch nicht, was im Kopf eines Fünfzehnjährigen vorgeht.«

Mums Stimme klingt verlogen munter.

»Nein, wir können ihn nicht auf dem Handy erreichen.«

»Ja, natürlich habe ich schon mit Sebastian gesprochen.«

»Nein, er war nicht komisch in letzter Zeit.«

»Mit einem Mädchen durchgebrannt? Simon doch nicht!«

»Ich muss Schluss machen, damit die Leitung frei ist, falls Simon anruft«, wiederholt meine Mutter wieder einmal. »Wenn ihr etwas von ihm hört …«

Zuletzt: »Natürlich sage ich euch gleich Bescheid, wenn wir etwas Neues wissen. Und regt euch bitte nicht zu sehr auf.«

Das sagt ausgerechnet sie. Dann legt sie auf.

»Jetzt Mallorca?«, frage ich, aber sie schüttelt den Kopf.

»Noch mal höre ich mir die ganzen Fragen und Tipps nicht an. Außerdem bin ich froh, dass die Leitung endlich frei ist. Falls …«

Falls Simon anruft, denkt sie. Aber sie sagt es nicht noch einmal laut.

»Ist dein Handy an?«, will sie wissen. Ich nicke. »Aufgeladen?« Wieder nicke ich. »Kein Anruf, keine SMS?« Ich schüttle den Kopf.

Sie trägt das Telefon zurück zur Ladestation, sie sieht auf ihr eigenes Handy. Nichts.

Aus der Küche zieht der Duft von Fleisch durchs Haus. Kathrin ruft: »Essen ist fertig.«

Mum und ich blicken uns an und wissen: Das kann sie alleine verdrücken. Simon ist verschwunden – und wir sollen Schnitzel essen?

Das Telefon klingelt, Mum springt schnell auf.

»Endlich.«

Doch es ist nicht Simon, sondern Mums Chefin Petra. Mum sinkt auf einem Sessel zusammen.

»Ich kann jetzt nicht, Petra«, sagt sie nur und gibt den Hörer an mich weiter.

»Dann stimmt es also«, meint Petra und ihre Stimme klingt etwas beleidigt.

»Was?«

»Ein Schüler aus eurer Schule war gerade da und hat erzählt, dass Simon weg ist.«

»Ja.«

»Ich erfahre das als Letzte? Die ich quasi zur Familie gehöre?«

Petra gehört nicht zur Familie. Sie spielt nur gern Mums große Schwester.

Das Telefon läutet nun andauernd. Zunächst gibt es noch bei jedem Anruf die Hoffnung, es könnte Simon sein. Sie taucht auf, sie verschwindet genauso schnell wieder. Unsere Erwartung wird jedes Mal grausam enttäuscht.

Es sind Freunde von Simon oder Eltern seiner Freunde. Sie alle haben über die Schule mitgekriegt, was passiert ist. Die meisten bieten Hilfe an, sagen, wie leid es ihnen tue. Aber niemand weiß etwas.

Manche kommen vorbei. Wollen helfen. Kathrin wird ihre Schnitzel doch noch los, unter anderem an Petra, die einer Mitarbeiterin ihren Buchladen überlässt und sofort auftaucht, um meine Mutter zu trösten.

Nach ein paar Stunden sind wir so kaputt, dass wir nicht mehr ans Telefon gehen, sondern die Leute erst auf den Anrufbeantworter sprechen lassen. Zwar hoffen wir immer noch, dass Simon anruft. Aber jedes Mal, wenn wir hingehen, hören wir eine fremde Stimme, müssen wir mit anderen Menschen reden, ihnen die Lage erklären. Dann ist das Telefon besetzt. Simon kann uns nicht erreichen. Und wir vergeuden unsere Kräfte in diesem Wechselbad von Hoffnung und Enttäuschung, in diesen Gesprächen mit Leuten, die uns im Moment nichts bedeuten.

Nur in wichtigen Fällen rufen wir die Leute zurück, die auf dem Anrufbeantworter eine Nachricht hinterlassen. Wir wollen nicht mehr immer dieselben Sätze sagen:

Nein, er ist noch nicht wieder da.

Ja, wir haben die Polizei eingeschaltet.

Nein, wir haben keine Ahnung, wo er sein könnte.

Ja, wir sagen Bescheid, wenn es was Neues gibt.

Es ist schön, dass sich so viele Menschen mit uns Sorgen machen. Aber es ist auch anstrengend. Jeder will, keiner kann helfen.

Dad ruft an. Er hat mit einigen Klassenkameraden Simons gesprochen, auch mit den Lehrern und dem Direktor. Niemand weiß etwas. Niemand kann sich vorstellen, was mit Simon los ist. Er wird nun noch bei Yannick zu Hause vorbeigehen, dann kommt er. Wie es uns gehe? Ob es bei uns etwas Neues gebe?

»Nichts«, sage ich und sehe durch die Durchreiche in die Küche, wo Kathrin und Petra diskutieren, was man tun könnte, während meine Mutter teilnahmslos dabeisitzt und sich an ihrer Tasse festhält.

»Habt ihr Oma und Opa informiert?«

»Mum hat ihre Eltern angerufen.«

»Und was ist mit meinen?«

»Ich glaube, sie kann nicht mehr.«

Ich höre, dass mein Vater seufzt. Bestimmt denkt er, dass er alles selber machen muss. Aber das stimmt nicht, wir sind doch auch im Dauereinsatz. Ich habe heute hundert Mal die Fragen gehört, ob Simon sich in letzter Zeit verändert hat oder ob ich eine Ahnung habe, wo er sein könnte.

Mein Handy brummt. Simon? Max?

Aber die SMS ist von Annika, einer Schulfreundin. »Ich denk an dich. Ruf an, wenn ich helfen kann.«

Petra und Kathrin liefern sich einen Wettbewerb um die Aufmerksamkeit meiner Mum. Kathrin gibt die aufmunternde Nachbarin. Sie erzählt schon die dritte Geschichte eines Kindes, das einfach nur mal weg von zu Hause wollte.

»Wir haben doch auch allerhand ausgefressen, als wir noch jung waren.«

Plattitüden sind Kathrins Stärke.

Petra hingegen erzählt von einem Buch, das vom Verschwinden handelt, dann wechselt sie zu einem Fall, den sie in der Zeitung gelesen hat. Ein Mädchen, das nur zu einer Freundin gehen wollte, nie wieder auftauchte …

Deprimierende Geschichten sind Petras Stärke.

Ohne Rücksicht auf meine Mum schmückt sie ihre Geschichte mit Details aus. Gibt es da nicht diese Organhändler, die Halbwüchsigen eine Niere herausschneiden? Und diese Pornoringe, die sollen ja auch Kinder entführen.

Ich gehe nach oben. Wenn Mum sich das antut,

ich will es nicht hören. Hoffentlich kommt Dad bald nach Hause. Erfahrungsgemäß verschwinden sowohl Kathrin als auch Petra schnell, wenn er auftaucht. Sie finden seinen Witz ätzend und seine Bemerkungen sarkastisch. Er wird heute nicht witzig sein, aber er wird dafür sorgen, dass die Klageweiber gehen.

Ich lege mich auf mein Bett, ziehe die Beine an, mache mich klein. Mir ist schlecht, aber ich kann und will nichts essen. Mir ist kalt, aber ich möchte mich nicht zudecken. Eine Decke fühlt sich falsch an. Wie Trost. Wo es keinen Trost gibt.

Ich versuche, Max anzurufen, aber ich erreiche nur die Mailbox. Ich könnte auch mit Annika oder einer anderen Freundin telefonieren, aber das ist nicht dasselbe.

Ich weiß nicht, was ich mit mir anfangen soll. Ich kann nicht lesen, auch nicht fernsehen oder chatten, alles ist viel zu normal, es passt nicht zu diesem Tag.

Ich will warten, sonst gar nichts.

Ich will, dass die Zeit vergeht, bis Simon wiederkommt.

Ich hoffe, er ist bald wieder da.

An der Pinnwand das Foto von unserer Familie. Ich beginne zu weinen.

Ich muss eingeschlafen sein. Ich weiß nicht, wie ich das geschafft habe, aber irgendwie war ich doch so kaputt, dass ich weggedöst bin. Dad weckt mich, als er mein Zimmer betritt.

Ich fahre hoch. Mir ist schwindlig. Er hilft mir aufzustehen.

»Du solltest was essen.«

»Ich kann nicht.«

»Das ist Unsinn, Lara.«

Von unten höre ich fremde Stimmen. Ich sehe ihn fragend an.

»Die Kripo ist da. Sie wollen dich gerne sprechen.«

Ich spüre Nervosität und einen Anflug von schlechtem Gewissen. »Was ist mit Kathrin und Petra?«

Dad grinst schief. »Ich habe sie mit dem Auftrag, Augen und Ohren offen zu halten, vor die Tür gesetzt.«

»Tratschen ist doch sowieso ihr Hobby.«

»Jetzt tun sie es für eine gute Sache und sind wichtig.«

Nun grinse auch ich.

Gemeinsam gehen wir hinunter.

Ein Mann und eine Frau, beide ziemlich jung. Die Beamten stellen ähnliche Fragen wie ihre Kollegen vor wenigen Stunden. Auch sie wollen Simons Zimmer sehen.

»Wir gehen morgen in seine Klasse und reden mit den Schülern«, sagt der junge Mann, der aussieht, als wäre er Sozialarbeiter oder Sportlehrer. Er hat sich mit Kröger vorgestellt. Den Namen seiner Kollegin habe ich nicht mitbekommen.

»Das können Sie sich sparen, das habe ich bereits gemacht«, sagt Dad. »Keiner weiß was.«

Die beiden Kripoleute wechseln einen Blick. Dad merkt, dass ihnen etwas nicht passt.

»Ich bin Lehrer an der Schule. Es ist doch klar, dass ich mit seinen Mitschülern und mit meinen Kollegen rede.«

»Verstehen Sie mich nicht falsch, Herr Steiger«, sagt Kröger. »Aber es ist nicht günstig, wenn Sie bereits vorab mit allen Zeugen sprechen.«

»Ich kenne sie, ich kann sie einschätzen. Ich weiß, wer mir vielleicht weiterhelfen könnte.« Mein Vater klingt ärgerlich. Eigentlich will er sagen: Sie haben doch keine Ahnung.

»Unser Problem ist, dass die Zeugen uns nicht mehr alles erzählen, wenn sie schon einmal über das Thema geredet haben«, erklärt die junge Frau. »Ihre Aussage ist dann nicht mehr vollständig, sie denken, sie hätten es doch schon gesagt.«

Mum sieht sie verständnislos an. Die Frau erklärt: »Sehen Sie, wir haben hier ein Protokoll der Streifenbeamten von heute Morgen. Es steht viel mehr drin, als Sie uns jetzt erzählt haben. Denn Sie haben auch den Eindruck: Das habe ich alles schon mal gesagt, das muss ich nicht noch mal sagen!«

»Das stimmt doch, Sie haben es im Protokoll.« Dad ist immer noch ärgerlich.

»Mancher Schüler wird sich morgen auch denken: Das habe ich Herrn Steiger schon erzählt, das muss ich nicht wiederholen.«

»Keiner von ihnen hat irgendetwas Wichtiges gesagt.«

Nun wird Dad laut. Die beiden Beamten sehen sich an, als würden sie denken: Es ist jedes Mal dasselbe.

»Ich habe heute nach Simons Rad gesucht.«

Die Beamten sehen mich ebenso überrascht an wie meine Mutter.

»Er ist mit dem Rad zur Schule gefahren?«, fragt Kröger.

Meine Eltern nicken.

»Aber an der Schule ist es nicht, auf dem Schulweg auch nicht, soweit ich das sehen konnte«, erzähle ich.

Die Beamten lassen sich das Fahrrad genau beschreiben. Die Hupe, das rote Band um die Stange.

Dann verabschieden sie sich.

»Morgen wird ein harter Tag für Sie«, sagt die Frau. »Wenn die Fahndungsplakate hängen und die Geschichte in der Zeitung steht, werden sich viele Leute bei Ihnen melden.«

»Es war heute schon wie im Taubenschlag«, brummt Dad und wie auf Kommando läutet wieder das Telefon.

»Bitte verweisen Sie alle Anrufer an uns, die Ihnen etwas über Simon erzählen wollen«, fordert Kröger. »Wir sammeln die Hinweise und wir werten sie aus.« Dabei sieht er besonders Dad an.

»Und wir suchen auch nach seinem Rad«, ergänzt er und sieht mich an. Ich nicke, nehme mir aber vor, trotzdem weiterzusuchen. Natürlich werde ich auch mit anderen Leuten über Simon reden und versuchen, etwas zu erfahren. Dad hat nämlich recht: Wir kennen seine Freunde und Mitschüler schließlich am besten.

Max ruft erst spät an. Er entschuldigt sich, dass er nicht früher dazu gekommen ist. Er möchte wissen, was sich ergeben hat. Er fragt nach, ob er noch vorbeikommen soll. Ich bitte ihn, auch heute Nacht bei mir zu bleiben. Ich werde mit Mum und Dad reden, sie sind sicher einverstanden. Er verspricht, in einer halben Stunde da zu sein.

Und dann ist er da. Wir sitzen im Wohnzimmer, ich halte seine Hand.

Dad telefoniert mit seinen Eltern auf Mallorca, Mum beobachtet die Fische.

»Hast du eine Ahnung von diesem Aquarium?«, fragt sie.

Max schüttelt den Kopf.

»Aber wenn Sie wollen, kann ich mich darum kümmern.«

Ein zaghaftes, dankbares Lächeln meiner Mutter.

Hand in Hand gehe ich mit Max nach oben. Die Tür zu Simons Zimmer steht sperrangelweit offen. Ich sehe hinein. Irgendetwas ist anders.

»Sein Laptop fehlt«, stellt Max sofort fest.

Ich drücke seine Hand.

»Die Kripo hat das Ding mitgenommen«, erklärt mein Dad, der gerade aus dem Bad kommt.

»Aber die Streifenbeamten haben doch schon ...«

»Sie haben auch andere Sachen eingepackt. Pullover, Kamm ...«

Er sagt es einfach so. Ich verstehe sofort. Es geht um DNA-Spuren. Ich will nicht einmal daran denken, wofür sie die brauchen.

»Sie überlegen, mit einer Hundestaffel durch den Wald zu gehen.«

»Wer sagt denn, dass Simon im Wald war?«, frage ich.

»Er kann überall sein«, sagt Dad und verschwindet im Schlafzimmer.

Max sitzt auf meinem Bett, ich liege lange ausgestreckt, den Kopf in seinem Schoß. Er streicht über meine Haare.

»Werden sie merken, dass wir an Simons Computer waren?«

»Ich denke schon.«

»Was soll ich sagen?«

»Dass du es nur gut gemeint hast.«

»Du« – sagt Max. Er will, dass ich ihn da raushalte.

Ich habe Angst um Simon.

Ich habe aber auch Angst vor dem nächsten Besuch der Kripo.

Auch in dieser Nacht schlafe ich kaum.

5. Kapitel

Es ist gruslig, wenn einem von jedem Baum und Laternenpfahl der eigene Bruder entgegenlächelt. Es ist ein hübsches Foto, das Mum für das Fahndungsplakat ausgesucht hat. Simon lacht sein unwiderstehlichstes Lächeln, ein freundlicher Junge. Was die Sache aber richtig schlimm macht: Er sieht so nett aus, nicht wie einer, der etwas ausgefressen hat oder einfach abhaut. Eher so opfrig, wie seine Kumpel sagen würden. Manchmal sind in der Zeitung Todesanzeigen, die sind diesem Plakat ähnlich. Ein Bild, ein Name. Ich fahre mit dem Rad zur Schule. Wo auch immer ich das Fahndungsfoto sehe, senke ich den Kopf.

Meine Mutter hat am Morgen geweint, als sie den Artikel in der Zeitung sah. Dasselbe Foto, dazu ein paar Angaben. Verschwunden seit Freitag, Beschreibung von Aussehen und Kleidung, möglicherweise noch mit dem Fahrrad unterwegs, vielleicht aber auch mit dem Zug oder per Anhalter. Wer hat ihn gesehen? War er in Begleitung?

Natürlich hat Dad versucht, sie zu trösten. Er sagt

immer dasselbe: Dass wir das gemeinsam durchstehen, dass er für sie da sei. Wenn sie zu Hause bleiben wolle, dann solle sie das tun, Petra habe bestimmt Verständnis.

Ich wollte unbedingt zur Schule. Zum einen halte ich die Stimmung zu Hause nicht noch einen Tag aus. Dann will ich andere Leute sehen, mich nicht so allein fühlen. Die Klasse, die Clique, meine Freunde. Und ich möchte mit Simons Freunden reden. Auch wenn es der Polizei nicht passt.

Als ich meine Klasse betrete, verstummen die Gespräche. Sie sehen mich an, aber sie sagen nichts. Erst ganz allmählich kommen sie auf mich zu.

»Was Neues?«

»Was ist überhaupt passiert?«

»Wie geht's dir?«

»Was sagt die Polizei?«

Manche nehmen mich in den Arm, andere lächeln zaghaft. Alle sind nett, alle fühlen mit mir. Ich bin froh, dass ich gekommen bin.

Ich stelle mich vor die Klasse. Auf dem Weg habe ich mir genau überlegt, was ich sagen möchte.

»Ihr wisst, dass Simon weg ist.«

Hier muss ich schon schlucken. Es kostet mich entsetzlich viel Kraft, einfach weiterzureden, als ob das eine ganz normale Ankündigung wäre.

»Wenn jemand was weiß oder was hört, eine Vermutung hat oder eine Ahnung, dann soll er mir das bitte sagen.«

Ich sehe auffordernd zu einigen Mitschülern, die Simon aus dem Sportverein kennen oder Geschwister in seiner Klasse haben. »Wenn er weggefahren ist, um sich ein paar schöne Tage zu machen, okay, dann wäre ja alles gut.«

Ich möchte locker und verständnisvoll klingen. Aber jetzt kommt der härteste Teil meiner Rede.

»Aber für mich sieht es so aus, als wäre er nicht freiwillig verschwunden. Er hat kein Handy dabei und kein Geld und …«

Zum Schluss will ich sagen, es sei nur wichtig, dass es ihm gut gehe.

»Ich will doch nur, dass er noch lebt.«

Das kriege ich gerade noch heraus, bevor mir die Tränen in die Augen steigen. Mist. Genau das wollte ich nicht.

In der Tür steht unser Klassenlehrer, Herr Lemke. Er übernimmt das Kommando, stellt sich neben mich.

»Es ist gut, Lara. Jeder von uns wünscht sich, Simon wäre wieder da.«

Während ich mich setze, mustert er auffordernd die Klasse. Manche nicken zaghaft, andere wiederum sehen angestrengt auf ihre Hefte oder kramen in ihren Taschen.

»Es sind zwei Kripobeamte im Haus«, sagt Herr

Lemke dann. »Zurzeit reden sie mit Simons Mitschülern. Aber sie werden sicherlich auch noch mit euch sprechen wollen.«

Er sagt natürlich, sie sollen den Beamten alles erzählen, was sie wissen. Mir wäre lieber, wenn *ich* was erfahren würde. Am besten wäre, wenn einer von Simons Freunden zu mir käme und sagte: Ich habe ihn gestern noch da und da gesehen, putzmunter, vielleicht ein bisschen abgerissen und hungrig, aber ganz okay – dann wäre das der glücklichste Tag in meinem Leben.

Am Schluss seiner kleinen Ansprache wendet sich Lemke noch mal an mich. »Du kannst gerne bleiben, Lara. Aber du kannst auch jederzeit nach Hause gehen, das weißt du, oder?«

Ich nicke nur, dann redet Lemke auf Englisch weiter und die Stunde beginnt.

Mich ruft er nicht mehr auf.

Ich höre auch nicht zu.

Sondern überlege, was ich den Kripobeamten sage, wenn sie fragen, ob nach Simons Verschwinden noch jemand am Laptop war.

Ich spüre die Blicke der anderen. Verstohlene Blicke, auch mitfühlende, warmherzige. Es geht mir besser als zu Hause, ich habe Ablenkung, ich bin unter Freunden. Während des Unterrichts mache ich mir

Notizen, wie meine eigenen Ermittlungen aussehen könnten, denn auf die Polizei will ich mich keinesfalls verlassen. Solange die denken, Simon sei abgehauen, unternehmen die doch nichts. Weil sie vermuten, dass er von selbst wieder auftaucht. Weil sie nicht wissen, wie Simon wirklich tickt.

Auf die Idee, nach Simons Fahrrad zu suchen, sind sie auch nicht gekommen. Die war von mir.

Als es zur Pause klingelt, nimmt Annika, die neben mir sitzt, meinen Arm.

»Komm, wir reden ein bisschen.«

Gerade mit Annika will ich nicht reden. Wenn ich schon die Tränen des Mitgefühls in ihren Augen schimmern sehe, wird es mir zu viel. Ich will jetzt nicht traurig sein, ich will was rauskriegen.

»Bis später«, sage ich nur und verdrücke mich.

Ich suche Yannick. Er kann mir am meisten über Simon sagen, da bin ich mir sicher. Er als bester Freund muss doch eingeweiht sein in die Geheimnisse meines kleinen Bruders.

Ein paar Jungs aus Simons Klasse stehen zusammen, ich gehe zu ihnen: »Ich wollte mit Yannick sprechen.«

»Der redet noch mit der Polizei.«

»Weiß jemand von euch was, hat einer was gesehen, habt ihr eine Ahnung, wo Simon sein könnte?«

Hektisch und verzweifelt stelle ich meine Fragen.

Zwei Jungs sehen sich unbehaglich an, ein anderer geht ganz unauffällig weg, als ob er nicht dazugehöre.

»Das alles hat die Polizei auch wissen wollen«, sagt Leo, den ich flüchtig kenne, weil er schon ein paarmal bei Simon war.

»Aber keiner hat was gewusst«, ergänzt Kralle, der so heißt, weil er sich selten die Nägel schneidet.

Ich sehe ihm unwillkürlich auf die nicht sehr gepflegten Finger. Simon hat immer erzählt, dass er diese Nägel auch als Waffe einsetzen kann. »Er kratzt wie ein Mädchen«, hat Simon gesagt und dabei gelacht.

»Wenn euch was einfällt, irgendwas, was mit Simon zu tun hat, auch die Sachen, die ihr eben nicht den Bullen auf die Nase binden wollt, dann sagt es mir.«

Ihr Blick bleibt skeptisch.

Sie mustern mich, als wäre ich die neue Lehrerin.

Sie misstrauen mir.

Sie wollen nicht mit mir reden.

Ich weiß nicht, wie ich an sie herankommen soll.

Als ich zurück in meine Klasse will, kommt mir die junge Kripobeamtin entgegen. Sie lächelt freundlich.

»Du kannst es doch nicht lassen, oder?«

Ich versuche, sie möglichst harmlos anzusehen.

Sie deutet auf die Jungs, die gerade im Schulgebäude verschwinden.

»Du hörst dich um.«

Ich sage lieber nichts. Sie grinst.

»Würde ich auch tun.«

»Aber mir haben Sie es verboten.«

»Es wäre klüger, wenn du das uns überlässt. Aber in so einer Situation ist man nicht immer klug.«

Ich mustere sie etwas argwöhnisch. Das ist mir jetzt zu kumpelhaft. Sie bemerkt meinen Blick.

»Lara, wir gehören zu den Guten.«

»Ich weiß. Fühlt sich nur nicht immer so an.«

So direkt bin ich sonst nicht. Dafür bin ich viel zu brav und zu wohlerzogen. Aber sie nimmt's nicht krumm, lächelt und nickt.

»Kröger ist schon in deiner Klasse.«

Ich atme tief durch und zögere weiterzugehen.

»Willst du nicht wissen, was er sagt?«

Doch, will ich. Ich verabschiede mich.

»Wir sehen uns sicher noch mal, Frau …«

Sie streckt mir die Hand entgegen.

»Susanne.«

»Kein Nachname?«

Sie zieht eine Grimasse.

»So schlimm?«

»Kussmaul.«

Zum ersten Mal seit zwei Tagen lache ich richtig.

»Okay, dann Susanne.«

Während Kröger meinen Klassenkameraden erklärt, wie wichtig es ist, dass sie ihm alles, aber auch alles sagen, was ihnen zu Simon einfällt, schreibe ich meinen Namen und meine Handynummer mehrmals auf ein Blatt, nehme eine kleine Schere aus meiner Tasche und schneide Namen und Nummer aus. Klein genug, um sie mühelos einzustecken. Groß genug, um sie nicht gleich zu verlieren. Die kann ich unter Simons Kumpel verteilen.

Natürlich bemerkt Frau Rothenberger, dass ich dem Kripobeamten nicht die gebotene Aufmerksamkeit schenke. Aber unsere Deutschlehrerin verbucht das sicherlich unter: Das arme Kind hat einen Schock.

Auch Kröger kann sehen, dass ich nebenbei etwas anderes tue. Ich möchte, dass er das sieht: Er kann gerne seinen Job machen, aber ich gebe nicht auf, selbst nach Simon zu suchen.

Annika beobachtet meine Aktion mit dem ängstlichen Blick eines scheuen Rehs. Wahrscheinlich fürchtet sie, dass ich gleich Ärger bekomme. Aber nichts passiert. Niemand kritisiert mich heute.

Nach der Schule verlasse ich gemeinsam mit Annika das Gebäude.

»Kann ich was für dich tun?«

Ich sehe wieder ihren mitfühlenden Blick. Komisch, ich habe mir so sehr gewünscht, zur Schule zu gehen, mit meinen Freunden zusammen zu sein. Aber kaum spricht mich jemand an, bin ich schon völlig angenervt. Mir kann man's im Moment gar nicht recht machen.

»Danke, ich komm schon klar.«

»Wenn du reden willst …«

»… sag ich Bescheid. Tschüs.«

Eine SMS meiner Mutter. Sie bittet mich, nach Hause zu kommen. Eigentlich wollte ich weiter nach Simons Rad suchen, aber es ist wohl besser, ich sehe mal nach ihr. Die Nachricht klingt nicht gut.

Wieder brummt das Handy. Dieses Mal eine SMS von Max. Er schreibt, dass er an mich denkt, dass er sich den Kopf zerbricht, wo Simon sein könnte, dass er mir helfen, mich in den Arm nehmen möchte, aber leider arbeiten muss.

Bis zum Frühjahr ging Max in dieselbe Schule wie ich. Nach dem Abitur musste er weder zur Bundeswehr noch Ersatzdienst leisten.

»Ein bisschen soziales Engagement kann mir aber nicht schaden«, hat er damals gesagt. Er wollte sich über die Sommermonate im Jugendzentrum engagieren. Dort aushelfen, Sozialarbeiter entlasten, spezielle Nachhilfe-Angebote aufziehen. In ein paar Wochen beginnt er in Frankfurt sein Studium.

Mum hatte einen harten Vormittag. Denn nicht alle Leute, die Simons Foto in der Zeitung oder auf den Fahndungsplakaten gesehen haben, sind auf die Idee gekommen, bei der Polizei anzurufen. Viele haben sich bei uns gemeldet. Und bei jedem Anruf wieder die Hoffnung, es könnte doch Simon sein.

Meine Mutter hat eine lange Liste von Anrufen aufgeschrieben und sie dann sortiert: Mitgefühl, Bedauern, Interesse – so nennt sie die eine Kategorie. Sachdienliche Hinweise, an die Polizei weiterleiten – so heißt die zweite. Unsinn, Unverschämtheit, Neugier, Frechheit – darunter kann ich mir am wenigsten vorstellen.

»Einer rief anonym an und sagte, dass er immer schon das Gefühl hatte, bei uns würde was nicht stimmen. Einer sagte gar nichts und legte einfach wieder auf.«

»Du hast diesen Idioten hoffentlich die Meinung gegeigt.«

Mum schüttelt den Kopf.

»Ich hatte keine Kraft dazu.«

Die Atmosphäre zu Hause bedrückt mich. Aber ich komme nicht weg. Mum hält mich mit allen möglichen vorgeschobenen Gründen fest. Als sie wieder einmal ans Telefon geht, nutze ich die Gelegenheit und verschwinde.

Ich treffe Annika am Bahnhof. Sie wollte unbedingt dabei sein, wenn ich weiter nach Simons Fahrrad suche. Erst war ich dagegen, aber dann dachte ich: Vier Augen sehen mehr als zwei.

Wir waren lange eng befreundet. Viele Jahre lang. Aber in letzter Zeit haben wir weniger miteinander zu tun. Ich denke, es liegt daran, dass sie mich nervt. Annika redet immer von Jungs, sie ist jeden Tag in einen anderen verliebt. Diese Schwärmerei finde ich kindisch. Was für kleine Mädchen, nicht für jemanden, der demnächst volljährig wird. Natürlich bin ich auch verliebt, in Max. Aber das ist etwas ganz anderes. Das ist echt. Aus Annikas Flirts wird nie etwas. Ich vermute, das liegt daran, dass ihr die Wirklichkeit zu wenig romantisch ist. Solange sie die Jungs nur bewundert, sind sie Helden. Realität aber ist nicht immer nur nett. Dann hat sie Liebeskummer. Bis zum nächsten Mal. Ich kann diese Geschichten nicht mehr hören. Ich habe mich zurückgezogen.

Natürlich war sie gekränkt, hat nachgefragt. Da habe ich ihr gesagt, was mich an ihr stört. Nicht zu grob, nicht zu direkt. Aber ich denke, sie hat's kapiert. Ihre Antwort hat mich überrascht: »Du brauchst mich nicht mehr, weil du jetzt Max hast. Das kannst du dir aber nicht eingestehen, deshalb suchst du einen anderen Grund.« Natürlich habe ich das abgestritten. Als sie sagte, sie sei doch schon immer so gewesen, verträumt und romantisch, und das habe mich nie gestört, da behauptete ich, ich hätte mich eben weiterentwickelt.

Ich kann mich noch an Annikas traurigen Blick erinnern.

Umso erstaunlicher finde ich, dass ausgerechnet sie mir jetzt helfen will. Die alte Freundschaft lebt in dieser schwierigen Situation wieder auf, als wäre nie etwas gewesen.

Ich beschreibe ihr Simons Rad, die Stange, die Totenschädel-Hupe.

»Iiiiiiiih.«

»Das macht die Sache doch leichter, oder?«

Annika nickt.

Die ersten Reihen gehen wir gemeinsam durch. Dann trennen wir uns und jede übernimmt einen Teil der Fahrradständer, damit es schneller geht. Ich ignoriere das Klingeln meines Handys, zumal ich sehe, dass es meine Mutter ist. Doch als ich ihre Nachricht abhöre, kriege ich ein schlechtes Gewissen.

»Ich weiß nicht, ob du dir das vorstellen kannst, Lara«, sagt sie und ich merke, wie ihre Stimme zittert. »Aber mein Sohn ist verschwunden, und wenn ich nun meine Tochter auch nicht mehr erreichen kann …«

Ich rufe zurück. Sie will wissen, wo ich bin und was ich mache.

Ich sehe Annika, wie sie die einzelnen Radständer abgeht. Eigentlich habe ich Zweifel, ob sie das auch gründlich genug macht. Aber allein ist das nicht zu schaffen – und Max hat keine Zeit.

»Ich suche nach Simons Fahrrad«, sage ich wahrheitsgemäß zu Mum. Ein Fehler. Sie beordert mich sofort nach Hause. Sie will und kann nicht mehr ans Telefon gehen. Aber die Polizei hält es für wichtig, dass unser Telefon besetzt ist, dass wir unsere Handys eingeschaltet haben, dass wir immer und überall erreichbar sind. Vor allem für Simon. Falls er sich meldet.

Kröger kommt. Dieses Mal allein. Nicht mehr der nette, verständnisvolle Bulle, sondern wütend, eiskalt, schneidend.

Es hat keinen Sinn zu leugnen.

»Ja, ich habe Dateien von Simons Computer gelöscht.«

»Und warum, wenn ich fragen darf?«

»Sie haben nichts mit seinem Verschwinden zu tun.«

»Davon hätte ich mich gerne selbst überzeugt.«

Ich sehe Hilfe suchend von Mum zu Dad. Aber beide mustern mich verständnislos. Wie sollen sie das auch begreifen, dass Max und ich eigentlich nur das Beste wollten?

Mir fehlt die Kraft zum Lügen. Ich knicke ein.

Setze mich auf einen Stuhl und erzähle – zumindest einen Teil der Wahrheit.

Dass ich ein komisches Computerspiel auf dem Laptop gefunden habe. Etwas mit Gewalt und Macht und so.

»Aber wo hatte er das her?«, fragt meine Mutter ratlos.

»Das kriegen die Kids doch überall«, knurrt mein Vater.

Kröger fixiert mich wütend.

»Weiter. Was war noch drauf?«

»Nichts Besonderes. Ehrlich.«

»Mails, Notizen ...«

Ich zucke mit den Schultern. Weiß es ja gar nicht, denn den Computer hatte Max in Bearbeitung.

Max aber will ich aus der Sache raushalten.

»Was wolltest du mit dieser Aktion erreichen?«

»Wir waren am Sonntagabend alle durch den Wind«, versuche ich zu erklären. »Ich habe Hinweise gesucht, wo Simon sein könnte, was er so gedacht und getan hat. Da finde ich dieses Spiel. Ich denke: Das ist doch nicht Simon, so war der doch nie!«

»Er war eben doch anders, als Sie alle gedacht haben«, mischt sich Kröger schneidend ein.

»Schön, dass Sie uns das noch mal unter die Nase reiben, Herr Kommissar«, kommt es zynisch von meinem Vater.

»Aber es stimmt doch! Sie wissen gar nichts über Ihr Kind!«

»Und Sie können den Jungen nicht finden!«

Jetzt verliert auch der Kripomann die Nerven.

»Sie haben ihn ja schon lange vor seinem Verschwinden verloren.«

Schweigen.

Die Uhr tickt.

Sonst kein Laut im Raum.

Meine Mutter starrt den fremden Mann an.

Meinem Vater treten Tränen in die Augen.

Kröger schluckt. »Entschuldigung. Das war nicht so gemeint.«

»Wenn Sie mal Kinder haben, machen Sie's besser«, sagt mein Vater und wischt sich mit dem Handrücken über die Augen.

Kröger fühlt sich nicht besonders wohl in seiner Haut, das kann ich sehen. Er ist jetzt auch wieder netter zu mir.

»Lara, du hast am PC herummanipuliert, okay. Das ist nicht mehr zu ändern. Wenn wichtige Dateien drauf waren, dann kriegt die unser Fachmann auch wieder weitgehend hin, denke ich. Aber ich frage dich jetzt: War sonst noch etwas in dem Zimmer?«

»Wie meinen Sie das?«, weiche ich aus, denn ich bin mir nicht ganz sicher, ob jetzt der richtige Zeitpunkt für die ganze Wahrheit ist.

»Hast du irgendetwas gefunden und vor uns versteckt?«

Wieder Schweigen.

Wieder nur die Uhr.

Meine Eltern sehen mich fragend an.

Ich schlucke. Mir wird heiß. Mein Herz schlägt bis zum Hals. Soll ich?

Da klingelt das Telefon. Niemand geht hin, aber das Läuten unterbricht die Spannung, die im Raum steht wie eine Bedrohung.

Jemand spricht aufs Band.

Es ist Annika.

»Ich habe Simons Rad gefunden. Am Bahnhof. Lara, kannst du kommen, weil ...«

Annika zögert einen Moment.

Wir alle warten, was sie uns zu sagen hat.

Annika spricht leise weiter.

»... da hängt ein Stofffetzen an einem Pedal. Könnte von einer Jeans sein. Ist nicht ganz sauber. Ich glaube, das ist Blut.«

6. Kapitel

Meine Eltern sitzen im Wohnzimmer. Dad hat den Arm um Mum gelegt. Sie weint still vor sich hin. Dad sucht nach plausiblen Erklärungen.

»Noch ist unklar, ob das Stück Stoff wirklich von Simons Jeans ist.«

»Von wem denn sonst?«

»Jeans tragen sie doch alle.«

»Aber es ist sein Rad.«

Hilfloses Schweigen. Betroffen starren wir alle vor uns hin. Keiner mag essen, keiner sagt etwas.

»Was meinst du, Max?«

Mum wendet sich an ihn, weil sie ihn vermutlich für die ideale Mischung aus vernünftig wie Dad und emotional wie sie selbst hält.

»Ich bin auch erschrocken, als ich das gehört habe«, sagt Max – das ist der emotionale Teil. »Aber es muss wirklich nichts Schlimmes bedeuten.« Vernünftiger Nachsatz. Dankbarer Blick von Dad.

In dem Moment ist Max selbst mir einen Tick zu diplomatisch.

Dad versucht abzulenken. Er sieht mich an.

»Die Geschichte mit dem Laptop war wirklich nicht sehr schlau, Lara.«

»Ich hab das Ballerspiel nur gelöscht, damit keiner einen falschen Eindruck von Simon bekommt.«

Mum versteht das, Dad nicht. Max sagt nichts. Ich lege noch mal nach.

»Statt nach irgendwelchen Dateien zu schnüffeln, hätte die Polizei ja auch mal nach Simons Rad suchen können. Wenn ich mich nicht drum gekümmert hätte ...«

»Bisher haben sie wirklich noch nicht viel getan«, bestätigt Mum. Dad nickt.

Es ist Simons Jeans. Es ist Blut. Sein Blut. Aber das bedeutet nichts, will Kröger uns weismachen. Jeder reißt sich mal ein Loch in die Hose. Jeder blutet mal. Auf einmal tun alle so, als ob sie ständig ihre Klamotten verlieren und sich wehtun.

Es seien viele Hinweise eingegangen, sagt der Kripobeamte. Sie gehen allen nach. Die, die sie bisher ausgewertet haben, hätten nichts gebracht.

Täglich rufen Menschen an und fragen nach. Die Großeltern aus Mallorca wollen kommen. Dad kann es ihnen wieder ausreden.

»Ihr könnt hier nichts tun. Wir halten euch auf dem Laufenden.«

Auch mein Onkel aus Frankfurt meldet sich ständig.

»Wenn das Fahrrad in der Nähe des Bahnhofs gefunden wurde, dann ist er vielleicht doch mit dem Zug weggefahren.«

So weit war ich selbst schon. Die Polizei auch.

»Wo würdest du hinfahren, wenn du abhauen willst, Lara?«

Die nächstgelegenen Städte sind Frankfurt und Mannheim. Aber wenn schon ... Berlin, Hamburg, München. Paris vielleicht oder Rom. Kommt darauf an, was ich will. Mich verstecken, mich amüsieren, ein neues Leben beginnen. Was wollte Simon?

Dad geht jeden Tag zur Schule, er will arbeiten.

Ich gehe auch, ich brauche meine Clique, meine Freunde, meine Bekannten. Ich rede mit allen, die Simon kennen.

Die meisten können mir nicht viel über ihn sagen.

»Guter Kumpel.«

»Wir haben nur zusammen Basketball gespielt.«

»War immer okay.«

Selbst Yannick, den ich immer für seinen besten Freund gehalten habe, gibt sich sehr vorsichtig.

»Bei mir war er bestimmt schon ein halbes Jahr nicht mehr«, sagt er, als ich ihn wieder mal mit meinen Fragen löchere.

»Wo dann?«

Yannick zuckt die Schultern.

Warum kann mir keiner was über meinen Bruder sagen? Was kann ich selbst über ihn sagen? Es ist, als hätten wir ihn alle verloren. Als ob niemand wüsste, wer er war und wie er war.

Letzte Frage an Yannick: »Wer war dann sein Freund?«

»Max. Den fand er cool.«

Max? Finde ich auch cool.

Wir liegen auf meinem Bett, aneinandergekuschelt. Max streicht mir die Haare aus dem Gesicht, küsst mich.

»Simon und ich haben oft geredet, klar. Über die Schule, über Sport, auch mal über Mädchen.«

»War er verliebt? Gibt es da eine?«

Ich wittere eine neue Spur. Max schüttelt den Kopf.

»Mehr so allgemein. Ob sie ihn vielleicht nicht toll genug finden, weil er relativ klein ist.«

»Er wollte sein wie du, glaub ich.«

»Das bedeutet, er wollte eine Freundin wie dich.«

Max lächelt mich liebevoll an, wir umarmen uns, drehen uns.

»Au!«

Ich liege auf einem harten Gegenstand. Ein dickes Buch. *Aquarium für Anfänger.* Max hat es aus Simons Zimmer geholt. Schließlich hat er versprochen, sich um die Fische zu kümmern. Keiner darf umkommen. Das ist sein Auftrag, um meine Mum vor der Verzweiflung zu bewahren.

Mum will nicht in ihr altes Leben zurück. Sie geht nicht zur Arbeit, kleidet sich dunkel, starrt zum Fenster hinaus oder auf die Fische.

Sie nervt die Polizei mit Nachfragen und Vorwürfen, warum sie so wenig unternehmen.

»Er ist nicht abgehauen, das weiß ich.«

»Unsere Familie ist nicht kaputt, also musste er nicht weglaufen.«

»Wir haben ihn weder überfordert, noch geschlagen.«

»Ihm ist etwas zugestoßen. Ich spüre es, denn ich bin seine Mutter.«

In diesen Momenten wirkt sie so durchgeknallt, dass Dad und ich uns verlegen ansehen.

Vor der Schule wartet die Kommissarin auf mich. Sie hatte noch was hier zu erledigen, sagt sie.

»Was denn?«

Sie lächelt: »Wer stellt hier die Fragen?«

Schweigen. Sie gibt nach: »Okay, ich war noch mal in der Klasse deines Bruders. Es ging ums Fahrrad.«

»Gibt's was Neues?«

Sie schüttelt den Kopf. »Aber super, dass du es so schnell gefunden hast.«

»Ich dachte, ich kriege jetzt einen Anpfiff, weil das in Ihren Arbeitsbereich fällt.«

»Der Erfolg gibt dir recht und lässt uns ein bisschen schlecht aussehen.«

Klingt wie ein Kompliment. Fast freue ich mich. Doch die kalte Dusche folgt gleich.

»Die Sache mit den gelöschten Dateien allerdings ist nicht ganz so toll. Das weißt du aber selbst.«

»Hat Ihr Techniker das nicht rekonstruieren können?«

»War denn noch was Wichtiges drauf?«

Ich sage nichts.

»Du musst es doch wissen«, sagt sie. »Du hast sie schließlich beseitigt.«

Hab ich nicht. Deshalb wüsste ich ja gerne, was Max da gelöscht hat.

Vor meiner Haustüre verabschieden wir uns.

»Mach's gut, Lara.«

»Tschüs, Susanne.«

Ich muss an ihren Nachnamen denken und grinse. Sie schmunzelt.

»Ich weiß, was du gedacht hast«, sagt sie, dann zieht sie ein Kärtchen aus der Tasche.

»Meine Nummer.«

Sie schreibt mit Kugelschreiber eine weitere Nummer drauf.

»Mein privates Handy. Du kannst immer anrufen.«

Ich nehme die Karte, sehe sie an, sage nichts.

»Am liebsten wäre mir, du speicherst die Nummern in deinem Handy ein«, sagt sie leise.

»Warum sollte ich?«

»Bei dir muss man mit allem rechnen. Und vielleicht brauchst du mal jemanden, der dir helfen kann.«

Ich stecke die Karte so desinteressiert wie möglich ein.

Kaum ist Susanne weg, folge ich ihrem Rat. Wer weiß. Vielleicht muss ich bei mir wirklich mit allem rechnen.

Abends klingelt das Telefon. Ich bin als Erste dran.

»Ich weiß, wo Simon ist.« Eine verzerrte Stimme. Mum und Dad sehen mich groß an. Ich stelle das Telefon laut.

»Wo ist er?«, frage ich.

»Diese Information kostet Geld.«

Ich sehe, wie die erste Hoffnung, es könnte Simon sein, aus den Gesichtern meiner Eltern verschwindet. Wie Mum sich an Dad krallt.

»Weiß er, wo Simon ist?«, fragt sie. Dad macht ihr Zeichen, sie möge leise sein, damit man den Mann am Telefon besser versteht. Ich nicke ihr zu.

»Wie viel wollen Sie?«, frage ich nach einer kurzen Pause. Denn auch ich muss erst einmal tief Luft holen.

»Was ist er euch wert?«

Mum atmet schnell und hektisch. Dad sieht aus, als wollte er einen Mord begehen.

»Sagen Sie mir, wo er ist.«

»Erst reden wir über Geld.«

Ich versuche, ruhig zu bleiben, so schwer es mir fällt. Ich brauche beide Hände, um den Hörer halten zu können.

»Wie viel, wann und wo?«

»Erfahren Sie noch.«

»Geht es ihm gut?«

Klack. Gespräch beendet.

Dad ist außer sich, schreit herum.

Mum aber wirkt auf einmal fast erleichtert.

»Endlich ein Hinweis.«

»Bist du verrückt? Vielleicht hat der Typ unseren Sohn gekidnappt.«

»Hauptsache, Simon lebt.«

»Er ist in Gefahr!«

»Wir können etwas tun, damit er bald wieder bei uns ist.«

»Dieser Irre hat doch gar keine Forderungen gestellt.«

»Er will Geld. Er hat nur noch nicht gesagt, wie viel. Also wird er wieder anrufen.«

»Woher willst du das wissen?«

»Ich spüre es: Bald ist Simon wieder bei uns und alles ist gut.«

Dad sieht mich verzweifelt an. Er glaubt, Mum sei übergeschnappt.

»Wir wissen doch gar nicht, ob der Mann nicht blufft.«

Mum hört überhaupt nicht zu.

»Ich gehe morgen zur Bank und frage, wie viel Geld wir bekommen – zur Not müssen wir an die Sparbücher für euer Studium.«

Dad gibt auf und geht die Treppe hoch. Ich höre die Tür seines Büros knallen. Mum stellt sich ans Aquarium. In ihren Augen ein Leuchten, das sie mit dem Tag von Simons Verschwinden verloren hatte.

Ich rufe Susanne an. Sie verliert kein Wort darüber, dass ich so schnell auf ihr Angebot zurückgreife. Sie kommt mit ihrem Kollegen vorbei.

»Er hat nicht gesagt, dass er Simon in seiner Gewalt hat?«

Ich schüttle den Kopf.

»Nur dass er weiß, wo er ist.«

»Das ist doch ein gutes Zeichen«, insistiert Mum.

Kröger und Susanne wechseln einen Blick, aber sie geben keine Antwort.

»Wir installieren eine Fangschaltung.«

»Das hätten Sie längst tun können«, kritisiert mein Vater.

»Bisher war von Erpressung nicht die Rede«, verteidigt sich Kröger.

»Sie glauben an Entführung?«

»Ich hoffe, es ist nur ein schlechter Scherz«, meint Susanne.

»Ich hoffe, es ist wahr«, wirft Mum ein. »Endlich jemand, der weiß, wo Simon ist. Sie haben es ja nicht herausgefunden.«

»Sie können nicht allen Ernstes hoffen, dass Ihr Sohn entführt wurde oder dass Sie erpresst werden.«

»Lieber zahle ich und er kommt nach Hause, als dass Sie ihn tot finden.« Mum ist nun nicht mehr zu bremsen.

»Wahrscheinlicher ist, dass es sich um einen Trittbrettfahrer handelt«, meint Susanne.

Dad schaltet sich ein. »Deutet für Sie irgendetwas darauf hin, dass es der Anrufer nicht ernst meinen könnte?«

»Er hat sich nicht sehr professionell verhalten«, erklärt Kröger.

»Ich weiß nicht, ob das ein gutes Zeichen ist.«

Die Stimme meines Vaters klingt heiser. Doch Mum bleibt dabei: endlich Hoffnung.

Ich versuche zu schlafen. Es geht nicht. Irgendwann nicke ich dann doch ein. Plötzlich wache ich auf.

Ich habe von Simon geträumt.

Er ist vor etwas weggelaufen.

Ich sehe auf das Display meines Handys.

Nichts.

Wie auch. Er hat ja sein Handy dagelassen.

Ob der Anrufer wirklich etwas weiß?

Oder ist er ein dreister Absahner? Einer, der aus unserer Verzweiflung Profit schlagen will?

Ich stehe leise auf.

Ich gehe in Simons Zimmer, setze mich im Dunkeln auf sein Bett.

Haben wir etwas übersehen?

Wo ist die Spur?

Ich beginne zu zittern.

Wenn er nur weggelaufen wäre, er würde sich doch melden.

Tagsüber denke ich, er macht sich eine nette Zeit.

Nachts fürchte ich, er ist in den Händen von Menschen, die ihm wehtun. Wie dieser Irre, der angerufen hat.

Oder er ist gar nicht mehr am Leben.

Ich mache mir nun auch Vorwürfe. Ich hätte den Anrufer hinhalten sollen. Ausquetschen. Bis er einen Fehler macht. Bis er sich verplappert.

Vielleicht hätten wir die Stimme erkannt. Einen Akzent, einen Dialekt, einen Sprachfehler.

Aber wir waren doch alle wie gelähmt.

Ich mache Licht, damit die dunklen Gedanken verschwinden.

Für einen Moment sind sie weg. Aber wenn ich mich hinlege, dann kommen sie wieder.

Ich rufe Max an. Nur die Mailbox. Ich erzähle, was passiert ist. Es tut mir gut.

Wir sind ständig in Erwartung eines neuen Anrufs. Aber der seltsame Mann mit der verzerrten Stimme meldet sich nicht noch einmal. Wir starren auf das Telefon, wir lassen es nie aus den Augen. Aber nichts. Mums Hoffnung fällt in sich zusammen, ihre Verzweiflung ist größer als zuvor.

Der härteste Tag ist der Sonntag nach Simons Verschwinden. Die ganze Woche haben wir so getan, als wären wir eine Familie.

Doch heute ist es anders.

Jeder sitzt in einem anderen Raum.

Mum im Wohnzimmer. Sie starrt auf die Fische.

Dad in seinem Büro. Angeblich arbeitet er.

Ich hocke auf meinem Bett. Allein. Max ist im Jugendzentrum.

Niemand wird kochen.

Wir werden auch keine Besprechung am Abend halten.

Es gibt keine Termine mehr, die es abzuklären gilt.

Wir sind aus demselben Grund traurig.

Aber jeder ist es für sich.

Ein Gottesdienst für Simon und uns.

»Es ist doch, als wäre er schon tot«, sagt meine Mutter.

»Wir beten, dass er gesund wiederkommt«, beharrt mein Vater.

Dann zieht er seinen dunklen Anzug an.

»Der Pfarrer dachte, es würde uns guttun.«

»Es macht mir aber nur noch mehr Angst.«

Sie geht trotzdem mit. Wir sind beeindruckt, wie viele Menschen kommen. Die Kirche ist so voll wie sonst nur an Weihnachten. Doch zugleich das Gefühl, dass der anonyme Anrufer unter den Gottesdienstbesuchern sein könnte. Er beobachtet uns, er weidet sich an unserer Verzweiflung, er genießt unser Unglück, er bereitet den nächsten Coup vor.

Ich sehe mich um. Wer könnte es sein? Wer tut so etwas? Wer tut uns so etwas an? Und vor allem: Weiß er wirklich etwas und meldet er sich wieder?

Am Ende gehen die meisten an uns vorbei und geben uns die Hand.

»Wir sind für euch da.«

»Meldet euch, wenn ihr etwas braucht.«

»Falls wir helfen können …«

Mum hat recht: Es klingt schon sehr nach Beerdigung.

Keiner sagt: »Er kommt wieder, bestimmt.«

Das wäre der Satz, den wir am liebsten hören

würden. Es wäre toll, wenn ihn ein Außenstehender zu uns sagt. Damit wir ihn uns nicht selbst ständig vorsagen müssen.

Die Woche darauf verschwinden die ersten Fahndungsplakate. Sie werden abgerissen, sie verwittern, auf einem ist Simons Foto verblasst, auf dem anderen ist es zerfetzt. Die Frage nach meinem Bruder wird von einer Windböe durch die Straßen geweht. Der Gemüsehändler wickelt den Salat in eine Zeitung. Als ich ihn zu Hause auspacke, sehe ich Simons Foto. Nicht sehr taktvoll, aber es passiert eben. Ich entsorge das Papier, bevor Mum es sehen kann.

Auch das Telefon klingelt nur noch selten.

Wir denken nicht mehr bei jedem Anruf, es könnte Simon sein.

Wir denken auch nicht mehr, es könnte der anonyme Anrufer mit der verzerrten Stimme sein.

Wir haben aufgehört zu denken, manchmal sogar zu fühlen. Wir sind leer und kaputt. Ausgebrannt. Ohne Hoffnung. Wir warten auf etwas, was nicht eintritt.

»Bleib zu Hause, so lange es dir guttut«, hat Mums Chefin die ersten Tage gesagt. Wenn Petra jetzt vorbeikommt, sagt ihr Blick etwas anderes: Wann kommst du endlich wieder zur Arbeit? Aber noch wagt sie es nicht, das auszusprechen. »Vielleicht würde dir etwas Ablenkung helfen.«

»Mein Sohn ist verschwunden. Was soll mich da ablenken?«

Dagegen kann keiner was sagen.

Zeit vergeht.

Nichts passiert.

Das Warten ist das Schlimmste.

Als es am Sonntag darauf klingelt, denke ich zunächst, es sei die Polizei. Meine Mutter öffnet die Haustür, ich höre, wie sie spricht, dann erkenne ich die sanfte, freundliche Stimme der Besucherin. Es ist Annika.

Ich weiß nicht, ob ich mich freue, dass sie kommt. Ich spüre meine Gefühle nicht mehr. Es ist, als wäre die Verbindung abgerissen.

Ich höre Annika die Treppe hochsteigen, sie klopft an meine Zimmertür. Das hat sie nie getan, als wir beste Freundinnen waren. Ich stehe auf und lasse sie herein. Zaghaft lächelt sie mich an.

»Ich wollte mal nach dir sehen«, sagt sie nur.

Ich beginne zu reden.

Erzähle ihr den Film, der ständig in meinem Kopf abgeht.

Ich bin froh, dass jemand zuhört.

Mum, Dad und Max brauche ich das nicht zu

schildern, sie haben einen ähnlichen Horrorfilm im Kopf: Der Tag, als Simon nicht nach Hause kam. Es ist unser gemeinsamer Albtraum.

Annika hört zu. Nicht mit dem verträumten, kindlichen Blick, mit dem sie über Jungs redet oder über ihre selbst komponierten Liebeslieder. Sondern ernst und aufmerksam. Jetzt bin ich froh, dass sie da ist. Und dass ich das fühlen kann.

»Wir nehmen ein Foto von Simon, gehen zum Bahnhof und fragen alle, ob sie ihn am Freitag vor zwei Wochen gesehen haben«, schlägt Annika vor.

»Das hat die Polizei schon gemacht.«

»Einmal oder zweimal vielleicht. Da trifft man nicht unbedingt den einen Passanten, der sich erinnert.«

»Heute ist Sonntag. Niemand fährt Zug.«

»Von wegen. Es fahren alle zurück in die Stadt, die während der Woche dort arbeiten.« Annika bleibt hartnäckig.

»Aber das sind nicht diejenigen, die am Freitag fahren.«

»Willst du bis zum nächsten Freitag warten?«

»Nein.«

Meine Eltern wundern sich, als ich sage, dass ich mit Annika spazieren gehen will. Sich entspannen und erholen oder gar amüsieren, das gibt es nicht mehr.

Ich habe es mir selbst verboten. Ich gehe nicht mehr aus, ich höre keine Musik. Wir leben in einem toten Haus, seit Simon verschwunden ist. Nur die Fische leben noch, dank Max.

Ich atme tief durch, als ich draußen bin. Ich spüre, dass es mir guttut, an der frischen Luft zu sein. Ich schäme mich dafür. Es sollte mir schlechter gehen. Aber ich bin wieder aktiv, mit Annika. Jede von uns hat ein Foto von Simon in der Hand. Wir gehen zum Bahnhof.

»Das ist doch der Junge, der gesucht wird, oder? Ich habe die Plakate gesehen.«

»Ist das dein Bruder?«

»Ausreißer kommen schnell wieder zurück, wenn sie sehen, wie anstrengend das Leben ohne Hotel Mama ist.«

»Der ist bald wieder da. Bestimmt.«

»Was hat er denn ausgefressen?«

»Ohne Grund läuft doch keiner davon.«

Ich kann auf all diese Kommentare verzichten. Wenn sie schon nichts wissen, dann können sie doch einfach nur den Kopf schütteln oder bedauernd die Schulter zucken und mir ihre Weisheite ersparen.

»Lara, was machst du denn hier?«

Das ist Kathrin, unsere Nachbarin. Die hat mir gerade noch gefehlt.

Niemand weiß etwas von Simon. Annika und ich beschließen, die Aktion in den nächsten Tagen fortzusetzen. Mindestens bis Freitag. Irgendwann müssen wir jemanden treffen, der Simon gesehen hat.

Ich höre Mum und Dad schon, als ich die Haustüre aufsperre. Sie schreien beide.

»Du kannst sie nicht einfach wegstellen.«

»Es ist Unsinn, sie auf dem Waschbecken stehen zu lassen.«

»Es ist, als wäre er tot, wenn du sie wegräumst.«

»Rede doch keinen Quatsch.«

»Wir dürfen Simon nicht einfach so beseitigen.«

»ES IST NUR EINE ZAHNBÜRSTE.« Dads Stimme überschlägt sich vor Wut.

»Ich kann deinen Sinn fürs Praktische nicht mehr ertragen.«

»Ich kann nicht ertragen, ständig seine Zahnbürste anzusehen. So, jetzt weißt du's.«

»Ich brauche aber diese kleinen Anker in meinem Leben ...«

»LEBEN? LEBEN nennst du das?«

»Wir sind wenigstens noch ...«

... am Leben, will sie sicherlich sagen. Aber sie schweigt und starrt mich an. Auch Dad sagt einen Moment nichts mehr.

»Du warst am Bahnhof«, sagt Mum.

»Hat der Kleinstadtfunk wieder mal funktioniert.«

»Sei bitte nicht sarkastisch.«

»Wir möchten, dass du das lässt.« Das ist mein Vater.

»Das ist Sache der Polizei.« Meine Mutter.

Beide so ruhig und auf einmal so einig.

»Ich geh rauf. Streitet ruhig weiter.«

Aber es bleibt still.

Ich versuche, Max zu erreichen. Aber ich erwische nur seine Mailbox. Ich vermisse ihn heute besonders.

Eine Stunde später eine SMS: Sorry, kann heute nicht kommen. Meiner Mutter geht es schlecht. Denk an dich. Max.

Warum ruft er nicht wenigstens an, ich will seine Stimme hören.

Als ich aufstehe, um ins Bad zu gehen, knistert es. Ich ziehe Simons Foto aus der Gesäßtasche. Es hat einen Knick abbekommen. Das Gesicht ist dadurch wie entstellt, als würden ein Auge und die Nase fehlen.

7. Kapitel

Am nächsten Morgen sehe ich meine Mutter im Pyjama aus Simons Zimmer kommen. Sie ist blass, sieht verheult aus. Als sie im Bad verschwindet, gucke ich kurz in Simons Zimmer. Sie hat hier übernachtet. Sie ist hier eingezogen, um ihm näher zu sein. Oder auch fern von Dad, was weiß ich. Die viel beschworene Gemeinsamkeit, mit der sie die harte Zeit durchstehen wollten – wo ist sie hin?

Simon wird nun noch allgegenwärtiger, als er ohnehin schon ist. In der Küche steht ein Foto von ihm, im Wohnzimmer sind seine Fische, jeden Tag stellt Mum seine Zahnbürste wieder zu unseren und Dad räumt sie weg. Der Kleinkrieg geht mir auf die Nerven, aber ihnen scheint es gutzutun, sich gegenseitig das Leben schwerzumachen. Sie halten sich an ihrem Streit fest.

Die Welt draußen geht ihren gewohnten Gang. Manche Menschen sehen uns noch mitfühlend an, aber sonst ist alles wie früher. Es wird nicht mehr still, wenn ich ins Klassenzimmer komme. Alle machen ihre Witze, lachen, schubsen sich, verabreden sich für den Nachmittag, für den Abend. Niemand fragt mehr, wie es mir geht, ob er mir helfen kann. Keine Einladungen, niemand will mich besuchen. Die meisten machen einen Bogen um mich. Es gibt wieder Partys, Grillfeste und Ausflüge. Die alte Clique. Ohne mich. Ich werde gar nicht gefragt. Vielleicht wollen sie mich in meiner Traurigkeit nicht stören, mit ihrer Freude am Leben nicht verletzen. Kann sein. Ich würde ohnehin nicht kommen, ihnen bloß den Spaß verderben. Zugleich fühle ich mich, als hätte ich die Pest.

Keine Fragen mehr, kein Mitgefühl.

Gleichgültigkeit, denke ich.

Und weiß, dass ich vielen damit unrecht tue.

»Machen wir heute Nachmittag weiter?«, fragt Annika, als ich mich neben sie setze.

Ich dachte, irgendwann wird es besser. Weil der Mensch doch funktioniert und wieder im Alltag versinkt. Aber das ist falsch. Man ist nur scheinbar normal. Plötzlich fällt einem alles wieder ein und das trifft einen dann mit doppelter Wucht.

Die schlimmste Zeit beginnt dann, wenn die anderen ihr Leben längst wieder auf Autopilot gestellt haben. Es gibt für mich keinen Autopilot mehr. Ich fahre nur noch im Kreis, ohne Sinn und ohne Ziel.

Von Max eine SMS: Muss viel arbeiten. Sorry. Bin in Gedanken bei dir.

Ich habe ihn seit zwei Tagen nicht gesehen. Er fehlt mir so sehr.

Am Nachmittag setzen Annika und ich unsere Suche am Bahnhof fort. Dieselben dummen Sprüche wie am Tag zuvor. Wieder Kopfschütteln und Schulterzucken. Ein paar nette Bemerkungen auch. Aber niemand, der Simon gesehen hat. Einer fühlt sich von uns belästigt. Ein Bahnmitarbeiter kommt dazu und will vermitteln. Als der verärgerte Fahrgast in den Zug nach Mannheim eingestiegen ist, lässt der Mann von der Bahn uns weitermachen.

»Ich würde auch suchen«, sagt er und lächelt ein bisschen.

»Danke, Herr Winter«, antwortet Annika.

Kleinstadt eben. Irgendjemanden kennt man immer.

Anschließend gehe ich mit Annika in ein Café. Mit schlechtem Gewissen. Die Bedienung nickt uns zu, wir waren früher oft hier.

»Manchmal würde ich gerne wieder etwas Normales machen«, sage ich leise. »Wie hier sitzen und quatschen. Oder Klavier üben. Einfach nur, um zu vergessen, was …«

»Komm mit«, sagt Annika.

Nein, Annika hat kein Klavier. Aber sie drückt mir ihre Gitarre in die Hand. Drei oder vier Akkorde kann ich. Ich zupfe, ich summe leise vor mich hin. Es beruhigt mich. Keiner sieht mich strafend an, weil ich Musik mache, statt um meinen Bruder zu weinen.

Irgendwann heule ich dann doch.

Annika kommt mit Tee und Schokolade. Sie singt mit. Ich höre ihre Kleinmädchenstimme, die mich so oft nervt. Jetzt lächle ich über ihren romantisch verklärten Blick, über die Art, wie sie in den Schnulzen aufgeht, sie mehr lebt als singt. Annika lächelt zurück.

An ihrer Pinnwand ein Foto von ihr und ihrer älteren Schwester Julia. Sie ziehen Grimassen. Solche Fotos gibt es von Simon und mir auch.

Annika betrachtet nachdenklich Simons Foto, das wir herumgezeigt haben.

»Wenn du deinen Bruder nur einmal im Leben gesehen hättest, schnell am Bahnhof beim Einsteigen, würdest du ihn dann wiedererkennen?«, fragt sie unvermittelt.

»Keine Ahnung.« Ich weiß nicht, worauf sie hinauswill.

»Was findest du typisch an ihm, unverwechselbar?«

»Er ist ziemlich klein für sein Alter.«

»Die Passanten wissen nicht, wie alt er ist.«

»Er kann sehr nett lachen. Sieht man doch auf dem Foto.«

»Was ist, wenn er nicht gelacht hat?«

Ich überlege einen Moment.

»Im Winter würde ich ihn an seiner bescheuerten Mütze erkennen. Ohne die geht er nie aus dem Haus, wenn's kalt wird. Aber jetzt ... er hat sie bestimmt nicht mitgenommen.«

Annika nagt an einem Stückchen Schokolade.

»Man merkt sich vielleicht eher Kleidung oder Taschen als Gesichter, gerade wenn irgendetwas Besonderes damit ist.«

»Aber Simon hatte nichts an, was auffällt. Jeans, T-Shirt, Sneakers. Wie alle.«

»Seine Jeans war unten zerrissen«, erinnert mich Annika.

»Sieht man das gleich auf Anhieb?«

Annika sagt nichts. Sie denkt nach, isst ein Stück Schokolade nach dem anderen.

»Was ist mit seiner Schultasche?«

»Als er morgens aus dem Haus ist, hatte er sie noch dabei.«

Ich lache kurz auf, als ich an die Tasche denke.

»Hinten klebt Dirk Nowitzki drauf. Das hat er voriges Jahr gemacht in seiner größten Fanphase. Und jetzt geht das Bild nicht mehr ab.«

Annika ist wie elektrisiert. Auch ich kapiere jetzt, worauf sie hinauswollte.

»Wir fragen morgen nicht nach Simons Gesicht, sondern nach seinem Rucksack – und seiner Jeans!«

Annika grinst: »Wer sagt's denn? Schokolade macht doch schlau.«

Ich umarme sie spontan.

Auf dem Heimweg rufe ich Max an, erreiche wieder nur die Mailbox. Er meldet sich so wenig. Ich würde gerne mit ihm reden. Auch über die Aktion, die Annika und ich gestartet haben.

Bisher habe ich ihn selten besucht. Seine Mutter mag mich nicht. Sie hat das Gefühl, ich nehme ihr den Sohn weg. Ich mag sie auch nicht. Ich finde sie verbittert.

Aber leider macht nicht Max auf, als ich klingle, sondern Frau Hartmann. Sie hat eine Zigarette in der Hand und mustert mich erstaunt.

»Max ist nicht da.«

Ich vermute, dass er auf dem Weg zu mir ist, und freue mich.

»Dann haben wir uns sicher gerade verpasst. Ich war nämlich unterwegs.«

Sie sieht mich verständnislos an.

»Max ist weg.«

Jetzt sehe ich sie verständnislos an.

»Ist irgendwas Besonderes im Jugendzentrum?«

»Er ist mit dem Zug weg. Schon gestern.«

Frau Hartmann lächelt süffisant, als sie mein verdattertes Gesicht sieht.

»Offenbar erzählt er dir auch nicht alles.«

8. Kapitel

Auf dem Heimweg fahren meine Gedanken Karussell.

Es gibt ein anderes Mädchen, denke ich zuerst. Kein Wunder, ich bin ja nur noch ein Schatten, seit Simon verschwunden ist. Max sagt es mir noch nicht, um mich zu schonen.

Er muss was erledigen, beschwichtige ich mich dann. Es ist nicht wichtig, deshalb hat er es mir nicht gesagt. Oder es war eilig.

Dann die Panik: Ihm ist was passiert. Es ist wie bei Simon. Aus heiterem Himmel geschieht etwas Entsetzliches. Und ich erfahre es erst, wenn es zu spät ist.

Unsinn, sage ich mir halblaut vor. Sonst wäre Frau Hartmann ja nicht so entspannt gewesen.

Wo ist Max und was macht er?

Und warum hat er mir nichts gesagt?

Ich sehe seine SMS der letzten zwei Tage durch. Sie sind kurz und knapp. Denke an dich, bin in Gedanken bei dir, schlaf gut, pass auf dich auf. Liebevoll, fürsorglich, nicht informativ. Bisher habe ich das geliebt. Jetzt stört es mich. Ich weiß nicht, was los ist. Ich habe Angst. Es ist die Angst um Simon, die jetzt in neuer Form auftaucht. Sie kriecht aus dem Bauch hoch, mir wird schlecht.

Ich überlege, was ich tun soll.

Der direkte Weg: Ich rufe ihn an und frage, was los ist.

Das Warten: Ich mache nichts, er wird sich schon melden.

Die raffinierte Variante: Anrufen und so tun, als ob ich gar nichts wüsste. Mal sehen, ob er mich anlügt.

Die Ängstliche spielen: »Erst verschwindet Simon – und jetzt du.« Er hätte sicher ein schlechtes Gewissen.

Ich entscheide mich für die ehrliche Lösung. Ich vertraue Max. Wo auch immer er ist, was auch immer er tut, er wird schon wissen warum. Noch bevor ich unser Haus erreiche, rufe ich ihn an. Nur die Mailbox.

»Hallo, hier Lara. Ich war bei dir zu Hause, weil …«

Was soll ich sagen?

»Deine Mutter hat mir erzählt, du bist weggefahren.«

Meine Stimme wird brüchig.

»Max, wo bist du? Ich habe Angst.«

Ich komme zu Hause an und bleibe fassungslos stehen. Im Küchenfenster brennt eine Kerze. Mein erster Gedanke: Simon ist tot.

Ich kriege kaum die Haustür auf, so sehr zittern meine Hände. Ich schreie sofort nach Mum, nach Dad, ich brülle, dass sie mir sagen sollen, was passiert ist, warum sie mich nicht angerufen haben. Mum steht in der Tür von der Küche zum Flur und sieht mich verwundert an. Sie ist im Hausanzug, aber ganz ruhig, in sich gekehrt, die stille Verzweiflung.

»Was ist los, Lara?«

»Das frage ich dich – die Kerze!«

»Du glaubst doch nicht, dass Simon …«

»Was soll ich sonst glauben?«

»Ich habe sie nur angezündet, damit wir alle ihn nicht vergessen.«

»Wir alle« – damit meint sie Dad. Aber das ist mir jetzt auch egal. Ich sinke auf einen Küchenstuhl und breche in Tränen aus. Es sind Tränen der Erleichterung dabei, auch der Wut, dass sie mich so in die Irre geführt hat. Aber wer kann die einzelnen Gefühle in so einer Situation schon genau unterscheiden?

Mum tröstet mich, so gut sie kann. Als ich mich einigermaßen beruhigt habe, geht sie ins Wohnzimmer, Fische füttern. Max hat ihr gezeigt, was zu tun ist, für den Fall, dass er mal nicht kommen kann. So wie jetzt.

Mein Handy brummt. Max! Leider nur eine SMS, kein Anruf. Mach dir keine Sorgen. Ich komme, so schnell ich kann. Max.

Ich weiß immer noch nicht, was er tut und wo er ist. Aber dennoch bin ich beruhigt.

Dad sitzt in seinem Zimmer vor dem Computer. Blass sieht er aus, übernächtigt und ein bisschen krank.

»Hat dich deine Mutter auch erschreckt mit ihrem Totenkult?«

So sehr ich auf Mum sauer war und bin, ich mag es nicht, wenn er so über sie redet. »Deine Mutter.« Sie ist doch auch seine Frau.

Er öffnet eine neue Website. Ein Chat. Dad und ein Chat?

»Es sind Eltern vermisster Kinder«, sagt er leise. »Wir versuchen, uns gegenseitig Hoffnung zu machen.«

»Es heißt ja immer, geteiltes Leid ist halbes Leid.«

»Jeder leidet anders, das siehst du doch bei uns.«

Als ich gehen möchte, sagt er. »Einige Eltern suchen seit zehn Jahren nach ihrem Kind. Keiner will aufgeben. Keiner hat mehr einen schönen Tag in seinem Leben.«

Wir haben erst Wochen hinter uns.

Es klingelt an der Haustür. Max!

Ich laufe die Treppe hinunter, reiße die Tür auf, falle ihm in die Arme. Er lacht leise.

»Keine Panik, alles in Ordnung.«

Selbst meine Eltern sind erleichtert, ihn wiederzusehen. Mit Max kommt etwas Leben in unser Haus.

Max war in Frankfurt.

»In ein paar Wochen fängt das Semester an. Ist doch klar, dass ich mich mal umsehe, ein paar Infos einhole, Leute treffe.«

»Warum hast du es mir nicht gesagt?«

»War doch nur ein Tag.«

»Ich will wissen, wo du bist.«

Ich weiß, dass ich hysterisch klinge. Ich will nicht so sein. Aber Max ist wichtiger denn je für mich. Ohne ihn könnte ich das alles nicht durchstehen.

Beim Abendessen erzählt er von der Uni. Er will Betriebswirtschaft studieren. Meine Eltern halten das für vernünftig. Sie sind immer wieder beeindruckt von Max' Zielstrebigkeit. Selbst meine Mutter beteiligt sich am Gespräch.

Max überlegt, neben dem Studium zu arbeiten.

»Ich muss meine Mutter entlasten. Sie kann mich mit ihrem kleinen Einkommen nicht noch Jahre mitschleppen.«

Mir wird klar, dass Max nicht mehr lange hier ist. Und künftig auch viel weniger Zeit haben wird. Wie soll unsere Beziehung aussehen, wenn er in Frankfurt lebt?

Abends im Bett berichte ich Max von unserer Suche am Bahnhof. Von Annikas Idee, nach dem Rucksack und nicht nach Simon zu fragen. Max würde uns gerne helfen, aber am nächsten Tag muss er wieder ins Jugendzentrum.

Ich spüre, dass er mich die ganze Zeit streichelt, während wir reden. Ich verkrampfe. Ich will das nicht. Ich bin froh, dass er da ist. Aber ich kann mich auf seine Nähe nicht einlassen. Ich muss an Simon denken. Ich drehe mich weg. Auch bei uns beiden ist es so: Jeder ist für sich traurig.

»Ja, da war so ein Junge mit einem Rucksack, da war ein Bild drauf. Von einem Mann mit einem Ball. Das war so halb abgekratzt, aber doch noch zu sehen.«

»Sind Sie sicher?«

Annika und ich sehen uns angespannt an. Die Frau nickt heftig.

»Ganz sicher. Weil, ich hab mir so gedacht: Wenn das mein Junge wäre, den würde ich nicht so rumlaufen lassen.«

So siehst du aus, als ob du so was denkst, kommt mir in den Sinn, aber dann finde ich mich ungerecht. Wir haben heute schon mindestens hundert Leute auf dem Bahnsteig gefragt, die Frau ist die Erste, die überhaupt etwas gesehen hat.

Annika hakt nach: »Wegen einem halb abgerissenen Aufkleber haben Sie das gedacht?«

Die Frau schüttelt den Kopf: »Erst ist mir nur dieser Rucksack aufgefallen. Dann habe ich mir den Jungen näher angesehen: Er war ziemlich …«

Sie sucht nach dem richtigen Wort.

»... als wäre er mit dem Fahrrad gestürzt und hätte sich wehgetan.«

Annika und ich sehen uns verwundert an.

»Er war eigentlich ganz adrett, als wäre er morgens sauber aus dem Haus gegangen. Aber trotzdem war seine Jacke staubig, er hatte auch Kratzer im Gesicht und die Hose war unten ganz zerrissen. Als wäre gerade was passiert.«

Der blutige Stofffetzen, den wir an Simons Fahrrad gefunden haben.

»Vielleicht hat er sich geprügelt«, mutmaßt die Frau.

»Wissen Sie noch, um wie viel Uhr Sie ihn gesehen haben?«

»Ich bin von Mannheim gekommen«, erzählt die Frau. »Am Freitagnachmittag. Ich war dort, um meine Tochter zu besuchen. Ich weiß das deshalb so genau, weil sie Geburtstag hatte. Da steige ich hier aus und auf der Treppe rempelt mich der Junge an. ›Kannst du dich nicht entschuldigen?‹, frage ich und er ruft noch: ›Entschuldigung‹.«

Das ist Simon, denke ich. Jeder andere hätte gesagt: »Du kannst mich mal.«

»Er ist dann schnell weiter, als ob er es eilig hätte. Ich habe ihm nachgesehen – und da ist mir der Aufkleber auf dem Rucksack aufgefallen und wie abgerissen der Junge aussah.«

»Wo ist er hingelaufen?«, fragt Annika.

»Die Treppe hoch, zum Zug wahrscheinlich.«

»Zu welchem Zug?«

»Woher soll ich das wissen?«

Die Frau will schon weitergehen, aber ich halte sie noch einmal an.

»Wann genau sind Sie aus Mannheim gekommen?«

»Kurz nach vier Uhr nachmittags.«

»Vielen Dank!«

»Was hat er denn ausgefressen, der Kerl?«

Wir geben ihr keine Antwort mehr. Soll sie doch weiter auf die unhöflichen Jugendlichen schimpfen, jetzt hat sie wenigstens einen Grund dazu.

Wir sehen den Fahrplan an. 16.12 Uhr kommt der Zug aus Mannheim. 16.20 Uhr fährt der Zug nach Frankfurt am Main. Das ist doch ein Hinweis, oder?

Ich rufe gleich bei der Kripo an, so stolz bin ich. Aber Susanne ist nicht da, sie hat heute frei. Statt sie privat anzurufen, präsentiere ich Kröger meine Ergebnisse.

»Habe ich nicht ausdrücklich gesagt, dass Sie sich aus den Nachforschungen heraushalten sollen?«

Ich zucke am Telefon unwillkürlich zusammen. Was soll dieser heftige Ton? Ist es ein Verbrechen, wenn ich ihm neue Informationen gebe?

»Entschuldigen Sie, aber ich dachte, es sei wichtig, dass er nach Frankfurt gefahren ist.«

»Das ist eine Vermutung, mehr nicht.«

Ich hasse mich dafür, dass ich mich entschuldigt habe. Ich würde ihn gerne anfahren, ihm die Meinung sagen, seine Untätigkeit und Unfähigkeit unter die Nase reiben. Aber ich bin nicht schlagfertig. Mir fällt nichts ein. Zu sehr trifft mich seine unfreundliche Reaktion. Ich schweige getroffen.

»Hallo, sind Sie noch da?«, fragt Kröger nach, jetzt etwas freundlicher.

Ich versuche, sachlich zu bleiben.

»Ich habe einen Hinweis, dass er in Frankfurt sein könnte, und ich denke, man sollte dort suchen.«

»Er könnte weitergefahren sein: München, Berlin, Hamburg.«

Jetzt werde ich doch sauer.

»Wollen Sie ihn überhaupt suchen?«

»Will er von Ihnen gefunden werden?«

Das hat gesessen. Ich drücke ihn weg, so weh tut das.

Dann rufe ich Onkel Sebastian in Frankfurt an. Erzähle ihm von meinen Recherchen. Er findet das gut. Bietet mir an, in der Bahnhofsgegend Plakate aufzuhängen mit Simons Bild. Und seine eigene Handynummer anzugeben.

Onkel Sebastian ist in Ordnung.

Einer, der nicht nur heult wie meine Mutter, schweigt wie mein Vater oder abwartet wie die Kripo.

Es wird allmählich dunkel, als ich nach Hause komme. Im Fenster brennt schon die Kerze für Simon.

Ich sperre auf, gehe hinein.

»Ich bin wieder da!«

Ich habe mir das angewöhnt, seit Simon weg ist.

»Hallo Lara. Deine Mutter ist bei Petra.«

Dad ruft aus seinem Zimmer. Ich bin sicher, er sitzt wieder am Computer.

Ich gehe ins Wohnzimmer, mache Licht und erstarre: Zwei Fische schwimmen mit dem Bauch nach oben im Aquarium. Sie sind tot.

Mit der Hand angle ich die beiden Leichen aus dem Aquarium. Ich verpacke sie, so gut es geht, und stopfe sie in den Hausmüll, gleich in die Tonne draußen vor der Tür, bloß nicht in der Küche.

Mum kommt mit dem Fahrrad.

»Was machst du hier, Lara?«

Sie sieht mich misstrauisch an.

»Ein altes Pausenbrot. Es riecht schon ziemlich streng. Deshalb habe ich's gleich in die Tonne geworfen.«

Ein Lieblingsthema von Mum. Dass wir unsere Brote nicht essen, sondern tagelang herumtragen. Ich merke, wie sie Luft holt, zu einer Moralpredigt ansetzt.

»Jedes Mal sage ich euch …«

Es ist das Euch, das sie verstummen lässt. Sie sieht zum Fenster. Die Kerze. Sie beginnt zu weinen. Ich nehme sie in den Arm. Ich führe sie ins Haus. Bloß nicht ins Wohnzimmer. Sie darf nicht merken, dass zwei Fische fehlen. Ich muss neue besorgen.

Ich rufe Max an. Wie heißen diese Fische und was haben wir falsch gemacht? Nur die Mailbox. Ich sehe in eins von Simons Fachbüchern. Aber ich finde keine Abbildung von Fischen, die den toten ähnlich sehen. Vielleicht kann mir jemand in der Zoohandlung helfen. Aber nicht mehr heute. Es ist spät. Mum hat sich schon hingelegt.

Auch am nächsten Morgen denkt sie nicht an Simons Fische. Denn als sie die Zeitung aufschlägt, lacht ihr Simon groß entgegen. Überraschend ein neuer Artikel. Die Schlagzeile ein Zitat: »Die meisten tauchen bald wieder auf.«

Mum überfliegt den Artikel, die härtesten Sätze liest sie laut und mit schriller Stimme vor. Der Journalist hat das Verschwinden Simons zum Anlass genommen, noch mal nachzuhaken bei der Polizei und mit einem Experten zu reden.

Die meisten Jugendlichen hauen aus freien Stücken ab.

Sie haben was ausgefressen oder wollen was erleben.

Oft stimmt auch zu Hause etwas nicht, sagt der Experte.

Irgendwann sind sie wieder da, als wäre nichts gewesen.

Mum beginnt zu weinen.

»Sie geben uns die Schuld!«

»Sie zitieren einen Experten, Mum.«

»Der Simon nicht kennt.«

»Der Hunderte solcher Fälle kennt.«

»Der uns als schlechte Eltern verunglimpft, als kaputte Familie.«

Sind wir inzwischen irgendwie auch. Was ich aber nicht sage.

Mum vergräbt sich in ihrer Verzweiflung, Dad rettet sich in Aktionismus. Er kündigt an, dass er den Zeitungsschmierern die Meinung geigen wird. Ich verabschiede mich schnell, steige aufs Rad, telefoniere mit Max. Er sagt mir, wie die Fische heißen. Er verspricht, an diesem Tag noch vorbeizukommen und sich mal wieder um das Aquarium zu kümmern.

Ich erzähle ihm von den ersten Ergebnissen unserer Recherchen am Bahnhof. Dass Simon vielleicht in einen Zug nach Frankfurt gestiegen ist. Erst jetzt fällt mir auf, dass ich das Mum und Dad gar nicht gesagt habe. Als würde es sie nicht betreffen.

Ich kaufe die neuen Fische und fahre nach Hause zurück. Schließe die Tür auf – niemand ist da. Ich gehe ins Wohnzimmer, setze die Fische ein. Hoffentlich bleiben sie am Leben.

Zur dritten Stunde bin ich in der Schule. Frau Rothenberger kommt in die Klasse. Sie holt die Zeitung aus der Aktenmappe, nimmt die Seite mit dem Artikel über Simon heraus und pinnt ihn an die Tafel.

»Ich möchte mit euch darüber reden«, sagt sie.

Niemand sagt etwas.

»Was will dieser Artikel?«, fragt sie. »Was suggeriert er euch?«

Keiner will es sagen. Ich muss schlucken. Jetzt nicht weinen. Hilfe suchend sehe ich zu Annika.

»Simon ging's zu Hause nicht gut, deshalb ist er weg«, antwortet sie nach unendlich langer Zeit.

»Stimmt das denn?«

»Keine Ahnung.«

»Kann der Journalist das so genau wissen?«

»Eigentlich nicht.«

Frau Rothenberger nickt. »Ich halte das Interview und die Aufmachung des Beitrags für manipulativ. Hier wird indirekt behauptet, dass die Eltern schuld sind, wenn ein Kind verschwindet. Hier werden Opfer zu Tätern gemacht.«

Ich weiß, sie meint es gut. Aber es hilft nichts. Ich sehe an den Blicken in der Pause, auf dem Heimweg überall nur eins: Warum hat es Simon bei euch nicht mehr ausgehalten?

Doch es wird noch viel, viel schlimmer. Als ich nach Hause komme, ist der Kommissar da. Mum zittert am ganzen Körper, Dad starrt aus leeren Augen vor sich hin.

»Wir haben einen toten Jungen in der Lüneburger Heide gefunden«, sagt Kröger. »Um die 15 Jahre ...«

Er zögert.

»Kann man das nicht genauer bestimmen?«

Kröger schüttelt den Kopf. Was haben sie nur gefunden? Reste? Teile?

Auf alle Fälle ist er nicht auf Anhieb identifizierbar.

»Wir machen einen DNA-Test.«

»Wie lange dauert das?«, fragt mein Vater.

Der Kommissar zuckt die Schultern.

»Zu lange«, entscheidet Dad und steht auf. »Ich fahre hin.«

Der Kommissar will etwas sagen, mein Vater schneidet ihm mit einer Geste das Wort ab.

»Ich halte das nicht aus. Ich muss wissen, ob es Simon ist.«

9. Kapitel

Quälendes Warten. Stunden voller Angst.

Ist es Simon?

Was ist mit ihm geschehen?

Wen hat er getroffen?

Hat der Mörder mit ihm gesprochen oder ihn gleich umgebracht?

Warum ist es so schwer, die Leiche zu identifizieren?

Es muss etwas Entsetzliches geschehen sein, sonst würde die Polizei es uns doch erzählen.

Sie sagen nichts. Nicht einmal Susanne, die ich gleich nach Krögers Besuch angerufen habe.

Die Unsicherheit quält uns seit Wochen.

Die Gewissheit würde uns jede Hoffnung nehmen.

Mum und ich sitzen am Tisch und schweigen. Dad hat versprochen, sich so schnell wie möglich zu melden.

Susanne hat uns psychologischen Beistand angeboten. Es könnte jemand vom Kriseninterventionsteam kommen. Wir wollen niemanden bei uns haben. Nur wir können verstehen, was in uns vorgeht.

In diesem Augenblick denke ich nicht einmal an Max. Nur noch Simon zählt.

Ich starre auf die beiden neuen Fische, die munter ihre Bahnen im Aquarium ziehen. Es war sinnlos, sie zu kaufen. Sie ändern nichts. Sie entscheiden nicht darüber, ob Simon noch lebt.

Die Zeitung liegt auf dem Tisch. Der Artikel über Simon ist aufgeschlagen. Er ist eine einzige Lüge.

Denn nicht jeder Vermisste kehrt zurück.

Nicht jeder Ausreißer ist noch am Leben.

Lieber Gott, lass es nicht Simon sein.

Wir warten auf den Anruf von Dad.

Gestern war ich mir fast sicher, Simon sei in Frankfurt. Jetzt weiß ich gar nichts mehr. Ich versuche zu spüren, ob Simon noch lebt. Seit ein paar Tagen bilde ich mir immer mehr ein, dass ich das erahnen könnte, dass ich über meine Empfindungen Kontakt zu ihm aufnehmen könnte. Ich habe mit niemandem darüber gesprochen, weil ich weiß, dass die meisten Menschen das für Blödsinn halten. Sie haben keine Ahnung, wie das ist, wenn man sich an die letzte Hoffnung klammert.

Der Anruf kommt abends.

Nein, der Junge ist nicht Simon, sagt Dad.

Mehr will er nicht sagen. Nicht, wie der Junge

aussieht. Auch nicht, warum es für die Polizei so schwer war, ihn zu identifizieren.

Wir sind erleichtert, Mum und ich.

Einen Moment halten wir uns im Arm, weinen ein bisschen.

Aber wir können uns nicht richtig freuen.

Wir wissen nicht mehr, wie das geht.

Max kommt und bleibt über Nacht.

»Es tut mir leid, dass ich so wenig Zeit für dich habe«, flüstert Max. »Aber ich bin bei dir, auch wenn ich viel unterwegs bin.«

»Ich weiß.«

Einen Moment sind wir still.

»Manchmal, wenn ich dich nicht erreiche …«, flüstere ich, rede aber nicht weiter. Denn ich höre Max' regelmäßige Atemzüge.

Ich aber kann nicht schlafen.

Ich stehe auf und gehe hinunter.

Aus Simons Zimmer dringt der Schein einer Kerze.

Es ist wieder ein Sonntag. Ich will hier nicht sitzen und warten, bis es ganz hell wird, bis mich die Erinnerungen erdrücken. Ich will raus. Schreibe für Max und Mum noch eine Notiz, nehme meine Jacke und gehe.

Die Einkaufsstraße ist menschenleer. Ich sehe mir die Auslagen an. Wie lange habe ich nichts mehr gekauft. Es interessiert mich alles nicht, die Schuhe, die Jeans, die Jacken.

Es ist erst nur so ein Gefühl. So ein Gefühl im Rücken. Ich drehe mich um, aber ich sehe niemanden. Ich sollte nach Hause gehen.

Also kehre ich um. Es beginnt zu nieseln. Ich ziehe die Jacke enger um meine Schultern und gehe schneller. Da höre ich Schritte hinter mir. Ich drehe mich um – niemand.

Was ist hier los?

Kein Mensch weit und breit.

Warum habe ich trotzdem das Gefühl, dass da jemand ist, dass mich einer beobachtet?

Ich stelle mich vor eine Auslage, starre hinein, scheinbar interessiert. In Wirklichkeit versuche ich, das zu überblicken, was ich in der Scheibe gespiegelt sehe. Da – ein Typ.

Was will er?

Habe ich Angst?

Keine Ahnung. Ich hatte in letzter Zeit so viel Angst, dass ich dieses Gefühl nicht mehr so leicht einkreisen kann.

Ich drehe mich schnell um, schreie kurz auf und stolpere einen Schritt zurück. Denn der Typ steht direkt hinter mir. Damit habe ich nicht gerechnet. Dass er so nah ist.

Ich pralle gegen die Scheibe, sehe den Kerl an.

Kapuze über den Kopf gezogen. Dennoch erkennt man ein paar bunte Haarsträhnen. Im Gesicht hat er mehr Eisen in Form von Piercings als jeder Altwarenladen. Unter dem Kragen seines zerschlissenen T-Shirts winden sich tätowierte Schlangen seinen Hals empor bis zu den Ohren. Als er den Mund aufmacht, sehe ich, dass einer seiner Schneidezähne abgebrochen ist.

Er lächelt.

Zumindest soll das schiefe Grinsen wohl so was sein.

»Kennst du mich nicht mehr, Lara? Ich bin's. Bonzo.«

Ich lade Bonzo zum Frühstück ein und er kommt gerne mit. Auf dem Weg zu mir nach Hause erzähle ich ihm in groben Zügen, was passiert ist. Von Simons Verschwinden bis hin zu dem Punkt, dass ein toter Jugendlicher in der Lüneburger Heide gefunden wurde, mein Vater hingefahren ist und wir nun wissen, dass es nicht Simon ist.

»Meine Eltern waren auch ziemlich am Ende, als ich vor zwei Jahren abgehauen bin.«

»Aber du bist doch ein ganz anderer Typ als Simon!«

Bonzo lacht: »Du meinst, zu mir passt das Asi-Mäßige, aber dein kleiner Bruder, der ist viel zu nett.«

Genau das habe ich gedacht. Aber ich will es nicht zugeben.

Während ich noch Kaffee koche, hat Bonzo schon zwei Brötchen vertilgt, die wir unterwegs besorgt haben.

»Seit wann bist du wieder hier?«

»Seit zwei Tagen.«

»Bei deinen Eltern?«

Bonzo schüttelt den Kopf.

»Ich hab geklingelt, meiner Mutter zum Geburtstag gratuliert und ihr Blumen überreicht – aus dem Stadtpark.«

Bonzo grinst schief.

»Frisch gepflückt. Dann hat mich mein Vater rausgeworfen. Hat gesagt, ich soll wiederkommen ohne all das Eisen, mit ner anständigen Frisur, mit nem Job und frisch gewaschen.«

»Willst du duschen?«, frage ich unwillkürlich, denn er riecht tatsächlich etwas streng.

»So schlimm?«

»Gewöhnungsbedürftig.«

»Also gut. Dir zuliebe.«

Wo das Bad ist, das weiß er noch aus der Zeit, als er oft hier war.

Ich kenne ihn seit dem Kindergarten. Trotzdem kenne ich ihn irgendwie auch nicht mehr. Wir waren unzertrennlich bis zum Ende der Grundschule, dann kam ich ins Gymnasium, er nicht. Erst haben wir uns noch oft getroffen, auf der Straße, im Sportverein, bei einer Party, wir sind zusammen ins Kino, wir waren sogar noch einmal in Mannheim auf einem Rockkonzert. Aber es wurde immer weniger. Irgendwann hatte ich meinen ersten Freund und der fand Bonzo nicht so toll. Außerdem war es auch zwischen uns komisch geworden, nicht mehr locker, nicht mehr vertraut. Er guckte mich anders an. Mir war das gar nicht recht. Für mich war er nur ein guter Freund.

Dann veränderte er sich. Er trank oft Bier, er pöbelte auch mal Leute an der Bushaltestelle an. Er rasierte sich kahle Stellen in seine Frisur. Seine Eltern trugen es zunächst mit Fassung. Als er die Lehre abbrach, gab es Stunk. Und irgendwann war er verschwunden. Weg – so wie Simon jetzt.

Ein Schrei unterbricht meine Erinnerungen. Das Kreischen meiner Mutter. Bonzo unter der Dusche. Vermutlich hat er nicht abgesperrt, der Idiot.

Ein Wortwechsel. Ich höre Schritte auf der Treppe.

»Du hast Besuch«, sagt meine Mutter spitz.

»Ich habe ihn zum Frühstück eingeladen.«

»Ich erlaube mir dann, oben zu frühstücken«, sagt sie und nimmt sich eine Tasse Kaffee.

»Es ist doch nur Bonzo.«

»Früher hieß er noch Anton.«

Früher war einiges anders, denke ich, aber ich sage es nicht.

»Du bist mit Max zusammen?«, fragt Bonzo, als er die Treppe herunterkommt.

»Wie kommst du darauf? Hat der dich auch noch unter der Dusche überrascht?«, frage ich zurück.

Bonzo grinst und schüttelt den Kopf. Da sehe ich: Er trägt ein T-Shirt von mir.

»Du warst in meinem Zimmer!«

»Kann doch nicht wissen, dass da einer in deinem Bett pennt.«

»Wir sind schon seit fast einem Jahr ein Paar.«

»Glückwunsch, da kann ja nicht mehr viel schiefgehen.«

»Ein Hauch von Sarkasmus?«

»Frauen stehen auf Sicherheit, vor allem wenn sie ein eigenes Nest bauen wollen.«

»Will ich das?«

»Von diesem hübschen Nest hier bei Mama und Papa gleich ins nächste.«

Er grinst. Er will mich provozieren. Ich muss gut aufpassen, dass ich nicht wütend werde.

Wir sitzen am Tisch und essen. Bonzo haut rein, als hätte er seit Wochen nichts mehr zwischen die Zähne bekommen. Ich sehe seine Arme, bunt tätowiert wie auch der Hals. Mir fällt jetzt auf, wie dünn er ist. Und er sieht viel erwachsener aus als ich, obwohl er nur ein halbes Jahr älter ist. Er wirkt wie jemand, der schon viel erlebt hat. Was wahrscheinlich auch stimmt. Aber Bonzo widerspricht.

»Ich war doch ganz ordentlich. Quali hab ich noch gemacht. Sogar die Lehre angefangen.«

Ich wünschte, er würde schlucken, bevor er redet. Aber so leicht macht Bonzo es mir nicht, ihn zu mögen und wieder mit ihm vertraut zu werden.

»Aber ehrlich: Einzelhandelskaufmann. Seh ich aus, als wollte ich mein Leben lang Regale einräumen?«

»Vielleicht wärst du ja mal Filialleiter geworden.«

Eigentlich habe ich das ernst gemeint, so nach dem Motto: Jeder Beruf birgt eine Chance. Aber kaum habe ich es ausgesprochen, da kommt mir das so abstrus und lächerlich vor, dass ich selbst lachen muss. Wie lange habe ich nicht mehr gelacht.

Max lacht nicht. Er steht in der Tür und sieht uns beide kühl an. Eifersucht? Auf jeden Fall eine starke Abneigung gegen diesen Typen, der da bei mir sitzt.

»Wieder da, Anton?«

Er nennt ihn nicht Bonzo. Er findet es lächerlich, dass Leute sich Spitznamen zulegen. Kindisch. Es klingt, als ob ein Lehrer spricht. Nein, er klingt wie meine Mutter.

»Morgen, Max.«

»Aufgetaucht?«

»Wie du siehst.«

»Und gleich einen gedeckten Tisch gefunden.«

»Hey, ich hab ihn mitgedeckt.«

Max nimmt seine Tasse, schenkt sich Kaffee ein, setzt sich aber nicht.

»Und, was gibt's Neues vom Leben auf der Straße?«

»Macht immer noch Spaß.«

»Der nächste Winter kommt bestimmt.«

»Ich zieh dann zu dir.«

Max lächelt spöttisch und sieht zur Uhr.

»Ich geh mal«, sagt er in meine Richtung.

Ich bin ganz verdattert. Wo will er denn hin? Zu seiner Mutter?

»Und wann ...« Ich klinge ganz verschreckt, das merke ich selbst.

»Ich melde mich später.«

Weg ist er.

Bonzo grinst mich an. »Max und ich werden nie Freunde.«

»Da wär ich jetzt gar nicht draufgekommen.«

Wir gehen wieder raus. Inzwischen ist es nicht nur hell, sondern auch warm, die Sonne scheint. Bonzo ist nicht gerne längere Zeit in geschlossenen Räumen, sagt er. Wenn das Wetter schön ist, kann man doch auch draußen sein. Ich find's gut. Meiner Mum möchte ich jetzt nicht über den Weg laufen, Dad ist noch nicht wieder da.

»Und Simon war die letzten Monate wie immer?«

Ich überlege. »Er war lebhafter und offener, zumindest manchmal.«

Bonzo runzelt die Stirn.

»Nur manchmal?«

Ja, so ist es. Simon hat manchmal aufgemacht, und dann war er wieder verschlossen wie meistens.

Bonzo will es ganz genau wissen. Ich schildere Beispiele. Als er beim Abendessen einen Lachkrampf bekam, weil meine Mutter behauptete, mein Vater hätte das falsche Öl für den Salat genommen. Wie er unvermittelt zu tanzen begann, als ich Klavier übte. Wie er Oma spontan auf die Wange küsste, sodass es ihr die Tränen der Rührung in die Augen trieb.

Wir stehen am Weiher. Voller Sehnsucht sehe ich auf das Wasser. Niemand ist da, es ist noch zu früh. Bonzo zieht sich aus. Ich sehe ihn irritiert an, dann gucke ich weg.

»Komm, wir schwimmen.«

»Ich hab nichts dabei. Ich meine: keinen Badeanzug.«

Ich komme mir selbst ein bisschen verklemmt vor, aber ich will mich nicht vor Bonzo ausziehen.

»Ich schau weg«, sagt er und tut's dann auch.

Ich behalte BH und Slip an und gehe ins Wasser.

Das Wasser ist ein wenig kühl, schließlich ist es schon Ende September. Vor vier Wochen, nein vor fünf Wochen ist Simon … Oder sind es schon sechs Wochen? Warum weiß ich das nicht auf Anhieb? Meine Mutter zählt wahrscheinlich sogar die Tage und Stunden. Ich bekomme ein schlechtes Gewissen.

Seit Simon weg ist, war ich kein einziges Mal hier.

Ich habe auch nicht mehr Klavier gespielt.

Ich war in keiner Kneipe, schon gar nicht in einem Club.

Ich habe außer Max und Annika fast niemanden getroffen.

Ich habe nicht mehr gelacht, nicht mehr gesungen.

Ich habe aufgehört zu leben.

Ich muss fast weinen, als ich das Wasser auf meiner Haut spüre und später die Sonne, die uns trocknet.

Das Leben kann so schön sein. Wenigstens für Momente.

Dann schäme ich mich für mein kleines Glück.

»Was ist?«

»Ich lass es mir gut gehen und Simon …«

»Vielleicht auch.«

»Quatsch.«

Bonzo sieht mich sehr skeptisch an.

»Wenn es ihm gut ginge, würdest du es ihm gönnen?«

»Dann würde er sich melden.«

Einen Moment schweigen wir beide.

»Hast du nie überlegt, ob er sich was reinpfeift?«

Ich hör wohl nicht recht. »Tickst du noch richtig?«

Jetzt werde ich richtig aggressiv, aber Bonzo bleibt dabei.

»Der stille kleine Simon. Tanzt, lacht und küsst die Oma. Da gibt es so hübsche kleine Pillen, einmal reingeföhnt und du bist super drauf.«

Das reicht. Ich stehe auf, ziehe mich an.

Sage gar nichts mehr.

Bonzo versucht's noch mit ein paar Erklärungen.

»Denk einfach mal drüber nach.«

»Ich hab sein Zimmer durchsucht. Da war nichts.«

»Er wäre ein Idiot, wenn er das Zeug in seinem Zimmer bunkert.«

»Er wäre ein Idiot wie du, wenn er es nähme.«

»Dir ist lieber, er bleibt das arme verschwundene Opfer.«

Ich will nichts mehr hören.

Simon. Drogen. Lächerlich.

Als ich nach Hause komme, stellt meine Mutter mich zur Rede.

»Wir akzeptieren gerne Max, wir mögen ihn, aber dass nun jeder Penner bei uns duscht …«

In dem Moment muss ich ihr recht geben.

Was macht dieser Asi eigentlich bei uns?

Soll er doch bleiben, wo er hingehört. Auf der Straße.

Vermutlich hat er sich ja selber schon das Hirn aus dem Schädel gesoffen.

Ich rufe Max an.

Der ist nicht erreichbar.

Ich spreche ihm auf die Mailbox, ich sage nette Dinge, liebe Worte.

Entschuldige mich sogar dafür, dass Bonzo da war.

Es klingelt an der Tür.

Bonzo? Max?

Zwei Polizisten.

Inzwischen ein vertrautes Bild bei uns.

Die Beamten unserer Kleinstadt kenne ich mittlerweile alle, glaube ich.

Sie wollen nicht mit mir reden, sie fragen nach meinen Eltern.

Meine Mutter ist da.

»Sie kennen vielleicht das Abbruchhaus in der Friedenstraße …«, beginnt der eine zögernd.

»Simon!«, schreit meine Mutter.

»Nein, nein, aber wir haben einen anonymen Hinweis bekommen. Offenbar ein geheimer Treffpunkt von Jugendlichen.«

Sie rettet sich in Zynismus.

»Wer auch immer sich dort trifft: Simon ist ja wohl nicht dabei.«

Ein Polizist hält ein Schulheft hoch. Es trägt Simons Namen.

»Aber er war dabei.«

10. Kapitel

Ein anonymer Anruf hat die Polizei auf diesen Keller gebracht.

Ist es derselbe Anrufer, der uns vor ein paar Wochen Geld für Informationen abknöpfen wollte?

Warum gibt er der Polizei jetzt kostenlos wertvolle Infos?

Was hat er davon?

Will er eine kleine Spur preisgeben, um sich dann wieder bei uns zu melden und doch noch abzukassieren?

Wie wir die Geschichte auch drehen und wenden, wir werden nicht schlau daraus.

Es war vermutlich jemand anderes, sagt die Polizei. Kein Sprachverzerrer dabei.

Die Polizei stellt das Abbruchhaus, vor allem aber den Keller komplett auf den Kopf.

Eingetrocknete Blutspuren, schon etwas älter.

Haare.

Ein paar Kleidungsstücke.

Fesseln. Ein Messer.

Ein Pulli ist von Simon.

Eine Blutspur ist von Simon.
Die Angst flammt wieder auf.
Die Ratlosigkeit aber wird größer statt kleiner.
Was ist hier passiert?
Und vor allem: Was ist mit Simon passiert?

Ich rede mit Annika. Die Frau am Bahnhof. Was hat sie gesagt? Simon sah aus, als sei er mit dem Rad gestürzt. Kratzer im Gesicht, schmutzige Kleidung, eine zerrissene Hose. Der Fetzen seiner Jeans am Rad – mit Blut. Simon ist nicht gestürzt. Simon wurde geschlagen. Wir sind uns sicher. Ich rufe bei der Polizei an. Doch ich erreiche nicht Susanne, sondern Kröger. Ich höre selbst seinem Schweigen an, dass ich ihn nerve. Ich versuche wieder einmal, mich zu rechtfertigen.

»Ich soll doch Bescheid geben, wenn ich etwas weiß, wenn mir etwas auffällt.«

»Wir wissen bereits, dass es im Keller offenbar einen Kampf gegeben hat.«

»Was machen Sie jetzt?«

»Ermitteln – was sonst?«

Er weiß wenig und sagt nichts.

Die Leute von der Zeitung wissen auch wenig, aber sie spekulieren wild herum, entwerfen Horrorszenarien, schlimmer als in meinen übelsten Träumen.

Simon, von Fremden gefoltert.

Oder hat er seine Peiniger gekannt?

Wurde er hier getötet?

Sollte man nicht den Garten des Hauses umgraben?

Plötzlich kommen völlig neue Details ans Tageslicht.

In dem Abbruchhaus haben sich seit Monaten Jugendliche getroffen, sagen die Nachbarn. Sie haben dort Partys gefeiert.

Simon war auch dabei. Warum haben sie das nicht früher gesagt?

Die Polizei bestätigt diese Aussagen. Es gab Beschwerden wegen lauter Musik. Sie sind einige Male hingefahren. Aber meistens waren die Jugendlichen dann schon weg.

Ein Nachbar will öfter Schreie gehört haben. Schmerzensschreie?

Einer kann sich erinnern, dass mal jemand wie tot im Vorgarten lag.

Einer glaubt, eine weiße Pille auf dem Bürgersteig gesehen zu haben. Er dachte, es wäre vielleicht eine Kopfschmerztablette. Jetzt denkt er anders.

Die Journalisten rufen auch bei uns an.

»Kein Kommentar«, sagt mein Vater.

»Wir wissen nicht mehr als Sie«, antwortet meine Mutter.

Ich lege wortlos auf.

Es sind nicht mehr nur Lokaljournalisten. Seit darüber spekuliert wird, dass hier ein Verbrechen geschehen sein könnte, kommen auch Reporter von größeren Boulevardzeitungen. Sie fotografieren unser Haus, die Schule, das Abbruchhaus. Sie lauern uns auf, wenn wir uns auf die Straße wagen.

Es ist anstrengend, an ihnen vorbeizugehen, ohne etwas zu sagen.

»Dann schreiben wir eben, was andere uns erzählen«, meint einer.

Es klingt wie eine Drohung.

Ich will zur Schule, wie jeden Tag.

In der Pause gehe ich zu den Jungs aus Simons Klasse.

»Ihr wisst etwas und sagt nichts«, bricht es aus mir heraus. »Simon ist vielleicht tot, und ihr seid zu feige zu sagen, was passiert ist.«

Mein Klassenlehrer Lemke kommt, er will mich beruhigen, aber ich lasse mich nicht beruhigen. Ich zeige mit dem Finger auf Yannick, auf Kralle, auf all die anderen, die mit Simon seit Jahren befreundet sind, mit ihm Sport machen.

»Die waren doch alle in dem Keller!«

Ich denke an die Kratzer in Simons Gesicht, von denen die Frau am Bahnhof gesprochen hatte – Kralles Nägel.

Die Polizei will noch mal mit den Jungs aus der Klasse reden.

Ich möchte dabei sein.
Darf aber nicht.
Hätte ich mir denken können.

Das bisschen Blut in einem Keller bedeutet noch lange nicht, dass Simon etwas Schlimmes zugestoßen ist, sagt Max.

»Merkst du nicht, dass hier etwas nicht stimmt?«, frage ich zurück.

»Hast du nie eine heimliche Party gefeiert?«

Doch, habe ich.

»Na also, wieso soll es in Simons Klasse anders sein?«

Er nimmt mich in den Arm.

Ich bin heute sperrig.

Ich mag mich nicht trösten und beruhigen lassen.

»Sie verheimlichen mir alle etwas. Und du bist auch andauernd weg und ich weiß nicht, wo.«

Es klingt ein bisschen beleidigt und kindisch, aber Max tut es nicht mit einem Lächeln ab. Vielmehr reagiert er sehr ernst.

»Soll ich alles andere in meinem Leben aufgeben, um immer bei dir sein zu können?«

Ja, denke ich.

»Nein«, sage ich.

Das ist das letzte vernünftige Wort, das ich sage. Denn dann bricht all die Verzweiflung aus mir heraus.

Ich mache Max Vorwürfe.

Ich behaupte, er habe sich zurückgezogen.

Er sei nicht für mich da.

Er versuche, mich unauffällig loszuwerden.

Mit seinem Verständnis ist es jetzt vorbei. Er kontert.

Dass die letzten Wochen die Hölle waren.

Dass ich ihn kritisiere, egal wie sehr er mir auch hilft.

Noch nie haben wir uns so gefetzt. Max geht. Ich höre die Haustüre ins Schloss fallen.

Wilde Partys im Abbruchhaus.

Alkohol und Drogen.

Eine Jugendbande.

Auch Sex? Auch Gewalt?

Auf jeden Fall ist Blut geflossen.

»Woher wollen die das alles wissen?«, knurrt mein Vater, als er am Morgen die Zeitung aufschlägt und diese neuen Spekulationen liest.

In einem Punkt sind sich die Journalisten nicht sicher: Ist Simon Opfer oder ist er Täter?

Meine Mutter zündet die Kerze im Fenster an. Daneben Simons Bild. Draußen ein Journalist, der die Szene fotografiert. Meine Mutter macht die Jalousie zu. Zu spät. Er hat sein Bild bereits.

»Es ist wie eine Belagerung«, sagt sie entnervt.

»Du machst es ihnen leicht«, antwortet mein Vater.

»Warum? Weil ich an Simon denke?«

Der Ton wird schnell wieder giftig.

»Weil du deine Gedanken öffentlich zur Schau stellst.«

»Es kann nicht jeder Mensch seine Gefühle so gut verbergen wie du. Wenn ich an diesen Keller denke, was dort passiert ist, Simons Blut … Ich verliere noch den Verstand.«

Mutter weint, schreit, beginnt zu zittern, läuft hinaus. Mein Vater sieht ihr unendlich traurig nach.

Das Foto von meiner Mutter, wie sie die Kerze anzündet, ist am nächsten Morgen groß in einem Boulevardblatt.

Ist ihr Sohn untergetaucht?

Ist er der Kopf einer kriminellen Jugendbande?

Die Spekulationen in dem Artikel sind haarsträubend. Von Mobbing und Erpressung ist die Rede, der Keller im Abbruchhaus wird zum Folterkeller. Demütigungen jüngerer Mitschüler wurden angeblich mitgefilmt, Aufnahmen davon kursierten über Handy und im Internet. Simon ist nun nicht mehr Opfer, er ist der Böse.

Ich rufe Susanne an. Wie kommt der Journalist an diese Informationen?

»Lara, wir haben nichts rausgegeben. Das sind reine Spekulationen.«

»Also Lügen.«

»Mutmaßungen.«

»Können Sie nichts dagegen tun, dass so ein Mist über meinen Bruder geschrieben wird?«

Susanne überlegt einen Moment.

»Du kannst versuchen, eine Gegendarstellung durchzudrücken. Aber ehrlich gesagt: Helfen wird es nicht viel.«

»Was tut die Polizei?«

»Wir haben immer noch nicht alle Spuren aus dem Keller ausgewertet. Das dauert eben.«

Sie will mir noch vieles erklären, aber ich höre schon nicht mehr zu.

Mein Handy klingelt. Max?

Es ist Bonzo.

»Verdammte Journalisten.«

»Danke für dein Mitgefühl.«

»Würde dich gerne treffen.«

Ich bin noch sauer auf Bonzo. Absurde Behauptung, Simon habe was mit Drogen zu tun. Trotzdem gehe ich hin.

»Die Polizei hat was übersehen in dem Abbruchhaus«, sagt er.

Verblüfft sehe ich ihn an.

»Du warst dort?«

»Ich habe die Polizei doch erst auf die Idee gebracht, dort zu suchen.«

Ich schlucke schwer. »Du bist der anonyme Anrufer?«

Bonzo versteht nur Bahnhof: »Ist das jetzt auch schon kriminell oder was?«

Ich erzähle ihm von dem Anruf mit dem Sprachverzerrer vor einigen Wochen. »Als jetzt von einem anonymen Hinweis die Rede war, da dachten wir ...«

Bonzos Geschichte sieht so aus: Er suchte nach einer Übernachtungsmöglichkeit in unserer Stadt, bei seinen Eltern konnte er ja nicht bleiben.

»Du hättest mich auch nicht aufgenommen, oder?«, grinst er.

Stimmt.

Also ist er auf das leer stehende Haus gekommen. Hat gleich gesehen, dass was nicht stimmt. Hat auch das Schulheft von Simon entdeckt. Also – ein anonymer Anruf bei der Polizei. Kleiner Tipp von einem, der nichts mit ihnen zu tun haben will.

»Warum hast du deinen Namen nicht gesagt?«

»Weil sie sonst auch mich und mein bescheidenes Leben auf der Straße ein bisschen näher unter die Lupe genommen hätten, fürchte ich.«

»Hast du was zu verbergen?«

»Eine ganze Menge, Lara.«

Ich sehe ihn groß an, vielleicht ein bisschen zu naiv. Er lacht.

»Nichts Schlimmes. Schwarzfahren, Ladendiebstahl, Hausfriedensbruch ... Das summiert sich – sieht auch nicht sehr vertrauenswürdig aus, so ein Zeuge, oder?«

Da muss ich ihm recht geben.

Bonzos Stimme wird weich.

»Dass es schon mal einen anonymen Anruf gab und dass das alles noch mal hochkommt durch meinen Hinweis, das konnte ich doch nicht ahnen.«

Wir schweigen einen Moment. Ich erinnere mich an den Anfang unseres Gesprächs.

»Hast du nicht gesagt, du hättest in dem Haus etwas gefunden?«

Bonzo nickt: »Pillen.«

»Was ist es?«

Bonzo zuckt die Schultern.

»Ich hab's nicht getestet.«

»Warum hat die Polizei das nicht gefunden? Die haben doch bestimmt alles auf den Kopf gestellt.«

»Ich kenne die Mauerritze persönlich, wo das Zeug drin war.«

»Ich will auch in dieses verdammte Haus.«

Bonzo grinst. »Musst du aber was Unerlaubtes tun.«

Ich sehe ihn fragend an.

»Die Polizei hat die Hütte versiegelt.«

»Du gehst da doch bestimmt trotzdem aus und ein.«

»Jaaaaaa«, sagt Bonzo. »Ich bin ein verwahrloster Typ.«

Ich lächle nun doch.

Wir steigen durch ein Kellerfenster ein. Bonzo hat es eingedrückt und der Einfachheit halber gleich offen gelassen.

Wir stehen nur da und sehen uns um.

Versiffte Matratzen, ein alter Gettoblaster, leere Bierdosen, zerdrückte Kippen.

Auf dem Boden ein dunkler Fleck. Blut.

Mir wird schlecht.

Bonzo reagiert schnell. Er hält mir den Mund zu.

»Kotz nicht auf die Beweise.«

Wir gehen schwimmen, sitzen am See.

Ich im Badeanzug, Bonzo in der Unterhose. »Schadet ihr nicht, wenn sie auch mal gewaschen wird«, sagt er. Stimmt.

Niemand ist da, denn es ist kühler, die Sonne wärmt nicht mehr so.

»Irgendwer vertickt das Zeug und jeder probiert's mal aus.«

»In Simons Zimmer war nichts.«

»Euer Haus ist groß, Lara.«

Ich war lange nicht auf dem Speicher.

Alte Möbel, alte Klamotten. Kinderbücher. Mein Puppenhaus.

Simons Riesenteddy. Er hat ihn vor zehn Jahren beim Loseziehen auf dem Rummel gewonnen.

Bonzo und ich durchsuchen den Kleiderschrank.

Wir rollen den alten Teppich auseinander.

Wir öffnen die Truhe mit den Karnevalssachen.

Wir gehen alles durch.

Ich versinke in Erinnerungen.

Denke an die Zeit, als wir eine glückliche Familie waren. Oder uns zumindest so fühlten.

Ich streichle dem Teddy über den Kopf. Er kippt zur Seite.

Ich sehe, dass er hinten aufgeschnitten ist.

Bonzo greift in die Eingeweide des Teddys und holt eine kleine Tüte heraus. Weißes Pulver. Wie Schnee.

Ein bisschen was davon rieselt aus der Tüte auf den Boden.

Vermischt sich mit dem dunklen Staub aus dem Kamin, von dem sich eine feine Schicht über die Holzdielen gelegt hat.

Mir wird schwarz vor Augen.

11. Kapitel

Wir suchen weiter und werden fündig: Haschisch, Pulver, Pillen. Alles da. Gut versteckt. Mehr als ein einzelner Mensch konsumieren kann. Meint Bonzo.

Ich will keinem was sagen. Nicht meinen Eltern. Nicht der Polizei. Nicht einmal Max, mit dem ich sowieso Krach habe. Ich kann gar nicht reden. Es hat mir die Sprache verschlagen.

Bonzo und ich sitzen in der Küche, trinken Kaffee. Ich sehe auf Simons Foto und die niedergebrannte Kerze.

Er hat uns alle angelogen. Mein Bruder ist ein Dealer.

Bonzo winkt ab, als ich das sage.

»Du kaufst mal ne Pille. Dann kaufst du fünf. Gehst auf eine Party. Sagt einer: Hast du was? Gibst ihm eine. Bist du deshalb schon ein Dealer?«

»Das ist Koks auf dem Speicher!«

»Quatsch. Ein bisschen Speed. Und Shit. Nimmt doch jeder mal.«

Ich funkle ihn wütend an. Ich habe das Gefühl, dass er mich nicht ernst nimmt.

»Woher hat er das Zeug? Du weißt das bestimmt.«

Bonzo zuckt die Schultern. »Ich nehme schon lange nichts mehr.«

»Du kennst die Typen trotzdem. Also sag's mir.«

Bonzo überlegt einen Augenblick.

»Ist Simon öfter nach Frankfurt oder Mannheim oder in eine andere Stadt gefahren?«

Ich denke nach, dann schüttle ich den Kopf. Aber was weiß ich schon? Wo war er, wenn er angeblich bei Yannick übernachtet hat?

»Simon ist relativ jung für das Geschäft«, murmelt Bonzo und dreht sich eine Zigarette.

Ich mustere ihn strafend.

Er ignoriert meinen Blick.

Kippt das Fenster.

Wirft fast Simons Bild um.

Raucht.

»Wahrscheinlich gibt's einen Zwischenhändler. Der das Zeug aus Frankfurt holt. Oder direkt aus Amsterdam oder so.«

»Und Simon verkauft das an seiner Schule.«

»Vielleicht versorgt er auch die Hauptschule und die Realschule.«

Ich kann es mir nicht vorstellen, ich traue es Simon einfach nicht zu.

Bonzo errät meine Gedanken.

»Das ist nicht so schwer, wie du denkst. Wenn die

wissen, dass du das Zeug hast, dann fragen die, du schiebst es rüber, sie geben dir den Schein.«

»Aber warum ist Simon jetzt weg?«

»Schätze, es gab Ärger.«

Bonzo schnippt den Rest der Kippe geschickt ins Waschbecken.

Treffer. Ein leises Zischen. Er grinst.

Meine Mutter würde toben, wenn sie das mitbekäme.

»Entweder er hatte nicht genug oder das falsche Zeug oder es war zu teuer – keine Ahnung. Es gab Probleme mit dem Händler. Oder den Kunden. Er ist wahrscheinlich noch nicht lange dabei, ein bisschen ahnungslos, ein bisschen zu nett.«

Das klingt plausibel. Simon war tatsächlich immer ein bisschen zu ahnungslos und ein bisschen zu nett, selbst für die Mädchen. Aber so einer würde doch gar nicht anfangen, mit Pillen oder Speed zu handeln.

Bonzo überzeugen meine Argumente nicht.

»Es erwischt oft die richtig sympathischen Typen.«

»Meinst du dich?«

Bonzo lacht nur, er lässt sich nicht kränken. Dreht sich schon wieder eine Zigarette.

Wir schweigen eine Weile. Plötzlich kommen mir die Tränen. Die Traurigkeit überfällt mich nicht mehr so oft, dafür aber sehr überraschend.

Bonzo rückt näher, streicht mir übers Haar. Er

riecht nach Schweiß und Tabak. Max riecht eindeutig besser. Aber er ist nicht da.

Ich gehe zur Schule, trotz allem. Ich höre seltsame Dinge.

Simon nahm schon längere Zeit Drogen, sagt Yannick. Deshalb war er manchmal so supergut drauf. Ob mir das nicht aufgefallen sei?

»Warum hast du mir das nicht schon früher gesagt?«

Er zuckt nur die Schultern.

»Gibt es wirklich eine Jugendbande?«, frage ich weiter.

Wieder Schulterzucken.

»Nimmst du auch was?«

Yannick schüttelt den Kopf.

»Mit wem war er dann befreundet?«

»Frag Kralle.«

Kralle lacht nur.

»Erst war er ein Schisser, dann ein Wichser, so einer ist nicht mein Freund.«

Das mit dem Schisser verstehe ich noch. Simon war nie ein Held.

»Warum Wichser?«

»Das Zeug wurde teurer.«

»Dafür konnte er doch bestimmt gar nichts! Da gibt's doch einen Zwischenhändler und dann noch einen, der das Zeug besorgt und verteilt …«

Ich nutze mein bisschen Wissen, das ich von Bonzo habe, um Kralle zu beeindrucken.

»Bevor Simon das übernommen hat, waren die Preise lange stabil.«

»Wer war vorher der Händler?«

Kralle sieht mich mitleidig an.

»Sag schon.«

»Vergiss es.«

»Ich gehe zur Polizei.«

»Mach mal.«

Sie haben es alle gewusst. Simon hat das Zeug verteilt. Manche haben gekauft, viele hatten Ahnung. Keiner hat mir was gesagt. Sie haben mich wochenlang ins Leere laufen lassen. Mich, meine Eltern, die Polizei. Sie halten auch jetzt dicht. Ich höre nur, was ich schon weiß. Und wenn Zeugen dabei sind, streiten sie alles ab.

Ich möchte mit Max reden. Max ist nicht erreichbar. Ich spreche ihm auf die Mailbox. Entschuldige mich für meine Vorwürfe, für unseren Streit. Bitte ihn, sich bei mir zu melden.

Endlich eine SMS: Bin im Stress. Rufe an, sobald ich kann. Max.

Ich habe keine Ahnung, wo er ist und was er macht.

Die Zeitung erwähnt nichts von Drogen.

Sie schreibt, Simon sei der Kopf einer Jugendbande gewesen. Eine Spekulation, die sich immer mehr verdichtet, behaupten sie.

Er sei abgehauen, weil er seiner gerechten Strafe entgehen wollte.

Die Zeitung beruft sich auf Zeugen, die nicht genannt werden wollen. Auf frühere Freunde. Auf Jugendliche, die Angst vor Simon hatten.

Angst vor Simon.

Als ob das möglich wäre.

Ich rufe wieder einmal Susanne an.

»Im Keller fand ein Kampf statt, das ist richtig. Wir haben verschiedene Blutspuren, eine von Simon, das stimmt auch. Aber wer wen geschlagen hat, das können wir nicht rekonstruieren. Die Jugendlichen halten dicht.«

Stimmt.

»Wenn du mehr weißt, Lara, dann ist jetzt die Gelegenheit, es mir zu sagen.«

Ich bin nahe dran, ihr von den Drogen zu erzählen. Aber ich kriege es nicht hin. Vielleicht habe ich Angst, dass das meinen Eltern den Rest gibt. Vielleicht auch, dass es in die Zeitung kommt. Das Bild des skrupellosen jugendlichen Kriminellen wäre perfekt. Jedenfalls mache ich die Klappe nicht auf.

Bonzo und ich sitzen vor dem Bahnhofscafé. Hier darf er wenigstens rauchen. Meine Mutter hat einen Anfall bekommen, als sie seine Kippen im Waschbecken entdeckte. Ich hatte vergessen, sie wegzuwerfen und ordentlich zu lüften.

»Warum einer Speed oder Shit ausprobiert?«, fragt er zurück und ich nicke.

»Du bist auf ner Party, einer bietet dir was an. Wenn du Nein sagst, gehörst du nicht dazu.«

»Mir hat nie einer was angeboten.«

Bonzo grinst.

»Wahrscheinlich bist du noch braver als dein kleiner Bruder. Siebzehn Jahre und schon verlobt.«

»Red keinen Quatsch.«

»Nicht verlobt mit Max?«

»Hör schon auf.«

Ich bin beleidigt, Bonzo reißt sich zusammen.

»Manche kommen richtig gut drauf, wenn sie was nehmen. Wahrscheinlich war Simon plötzlich so toll wie die anderen. Und wenn du das Gefühl erst mal gehabt hast, dann willst du das immer wieder.«

Simon war wirklich manchmal »supergut« drauf die letzten Monate. Vielleicht hat Bonzo recht.

»Speed kann richtig heftig sein. Da kann dir keiner was. Hältst ewig durch, brauchst keinen Schlaf, schaffst alles, was du willst.«

Ich sehe ihn staunend an. Wieder grinst Bonzo.

»Kannst es testen, ist ja noch ein bisschen da.«

»Hast du es mal genommen?«

Bonzo holt sein Tabakpäckchen raus.

»Probiert hab ich viel. Auch gekifft wie ein Blöder. Aber ich mag nicht mehr. Ist teuer und bist immer von einem abhängig, der dir das Zeug besorgt. Manche von denen sind nicht so ohne.«

»Von den Typen oder von den Drogen?«

»Beides. Außerdem wirst du auf Dauer blöd von dem Mist.«

Bonzo zieht eine Grimasse, als wollte er es mir beweisen. Er leckt die gummierte Fläche seines Zigarettenpapiers ab.

»Ich bleibe bei Alkohol und Zigaretten. Da weiß ich, was ich hab.«

Abends kann ich nicht einschlafen.

Am Anfang dachten alle, Simon sei etwas zugestoßen. So einer wie er haut nicht ab. Jetzt denken alle, er hat andere erpresst und ist untergetaucht. Lauter Opfer, ein Täter. Ausgerechnet Simon.

Nur meine Eltern und ich haben noch Angst um ihn.

Dass ihm doch jemand etwas angetan hat.

Vielleicht die Drogenhändler?

Der Kerl, der ihn beliefert und zwingt, das Zeug in den Schulen hier weiterzuvertreiben.

Wer ist der Typ, der ihn da mit hineingezogen hat?

Der aus meinem Bruder einen Dealer gemacht hat?

Wahrscheinlich einer, dem Simon imponieren wollte.

Den er gerne zum Freund gehabt hätte.

Yannick? Kralle?

Einer der älteren Jungs aus der Basketball-Mannschaft?

Ich habe jetzt eher mehr Angst um Simon als weniger.

Er ist nicht nur verschwunden.

Es gab eine Schlägerei.

Er war verletzt.

Er ist geflüchtet.

Aber wo ist er jetzt und warum meldet er sich nicht?

Er ist in Gefahr.

Das spüre ich.

Ich rufe noch einmal Max an. Wieder nur die Mailbox.

Ich sage ihm, dass ich ihn gerade jetzt besonders brauche.

Bitte ihn, sich so schnell wie möglich zu melden.

Max ruft erst nach Mitternacht zurück. Ja, unser Streit tue ihm auch leid. Er hört sich an, was ich ihm zu Simon erzähle. Er fragt nach, aber er kommentiert es nicht.

Dann der Hammer.

»Lara, Freunde haben mich eingeladen, ein paar Tage mit ihnen auf eine Berghütte zu fahren.«

Ich muss mich setzen, so trifft mich diese Nachricht. Aber sagen kann ich nichts. Max spricht nun leise und eindringlich.

»Ich möchte das gerne machen. Nachdenken. Kraft schöpfen. Ich bin ja auch völlig am Ende.«

»Kann ich dich anrufen?«

»Ich weiß nicht, ob wir dort Empfang haben.«

Ich unterdrücke das Weinen. Ich will nicht, dass er das mitkriegt.

»Bitte, versteh mich. Ich brauche nur ein bisschen Zeit für mich.«

Ich sage nichts.

»Ich melde mich. Wie auch immer. Versprochen.«

Ich lege auf. Erst dann beginne ich zu weinen.

Früher hätte ich über solche Probleme mit meinen Eltern gesprochen. Heute traue ich ihnen nicht mehr zu, dass sie mir helfen können. Und nun ist Max auch nicht mehr da.

Ich halte es im Haus nicht mehr aus.

Ziehe mich an und gehe. Draußen ist es noch dunkel.

Bonzo ist leicht zu finden. Seit die Polizei in dem Abbruchhaus ein- und ausgeht, pennt er im Park, meistens in der Nähe des Springbrunnens.

Er denkt dann, er sei am Meer, sagt er.

Ich wecke ihn. Frage ihn, ob er Freunde in Frankfurt, in Mannheim, in Berlin, in Hamburg hat. Solche, die sich überall rumtreiben, so wie er. Ob man ihnen nicht ein Foto von Simon schicken könnte. Ich hab eines auf mein Handy geladen.

Bonzo hält nicht viel davon, aber man kann es ja mal probieren.

Wir machen das gleich.

Sitzen auf der Bank, trinken Bier, schweigen. Bonzo raucht.

Fast eine Stunde passiert nichts.

»Ich nehme mir morgen noch mal Kralle und Yannick vor«, brummt Bonzo auf einmal.

»Mit den beiden habe ich schon geredet.«

»Ich rede anders.«

Ich verstehe: Er meint nicht nur Worte.

»Ich bin froh, dass du da bist, Bonzo«, sage ich leise.

»Das höre ich selten.«

»Ich sag's gern noch mal.«

»Bitte.«

Bevor ich meinen Satz wiederholen kann, brummt das Handy.

»Der läuft hier rum.«

»Ein Kumpel aus Frankfurt«, sagt Bonzo.

Mir fällt ein Stein vom Herzen. Ich atme tief, tief durch.

»Er ist also doch dort.«

»Sieht so aus.« Bonzo gibt eine SMS ein: »Was macht er und wo?«

Ich denke daran, dass Onkel Sebastian das Bahnhofsviertel mit Plakaten von Simon gepflastert hat. Es kam kein brauchbarer Hinweis.

Warum geht das jetzt so schnell? Weil Bonzo die richtigen Leute kennt, die sich auf der Straße herumtreiben?

Das heißt, dass Simon irgendwo auf der Straße lebt.

Das Handy brummt.

»Irgendwas mit Gringo«, ist die Antwort auf Bonzos Frage.

Ich kann Bonzos Gesicht im Dunkeln nicht erkennen, aber ich höre, wie er tief Luft holt.

»Wer ist Gringo?«, frage ich nach.

»Keine Ahnung«, lügt Bonzo.

»Ich weiß, dass du lügst.«

Schweigen.

»Er ist gefährlich, oder?«

Schweigen.

»Rede mit mir!«

Schweigen.

Ich schreie ihn an.

Ich trommle mit meinen Fäusten auf ihn ein.

Er hält meine Handgelenke fest.

Das macht mich nur noch wütender.

Ich beschimpfe ihn mit allen üblen Worten, die ich kenne. Penner ist noch eines der netteren.

Aber Bonzo sagt nichts.

Letzte Gemeinheit von mir: »Max hat recht. So einen wie dich kann man nur ignorieren.«

»Warum kommst du dann zu mir?«

Weil Max nicht da ist. Aber das will ich nicht sagen. Bonzo bohrt weiter nach.

»Wo ist er denn jetzt, dein Max?«

Das tut richtig weh.

Immer noch hält Bonzo mich fest. Ich ramme ihm voll Wut meinen Kopf in den Magen. Er knickt ein. Lässt meine Handgelenke los.

»Verpiss dich, blöde Schlampe.«

Ich gehe.

Auf dem Weg nach Hause verebbt meine Wut allmählich.

Warum bin ich Bonzo so angegangen?

Immerhin hat er mir Infos beschafft.

Auch wenn ich glaube, dass er mir etwas Wichtiges verschweigt.

Simon lebt. Er ist in Frankfurt.

Am liebsten möchte ich meine Eltern wecken, es ihnen sagen.

Aber wie sicher ist das?

Ich schwanke wieder.

Freude, dass er lebt.

Angst, dass er in Gefahr ist.

Zweifel, ob das auch alles so stimmt.

Unsicherheit, wo er ist und was er tut.

Und immer noch der Rest dieser Wut auf Bonzo. Allmählich wird Trotz daraus. Dir zeige ich es. Ich finde selbst heraus, was du mir verschweigst.

Ich muss nach Frankfurt.

Und zwar sofort.

Ich packe nur das Nötigste.

Mein Handy hat Bonzo.

Im Streit habe ich es bei ihm gelassen.

Ich muss mir ein neues kaufen.

Ich würde gerne mit meinen Eltern reden, aber sie würden mich nicht gehen lassen, da bin ich mir sicher. Weinen, Flehen, Verbote, Bitten, Krach, Verzweiflung, darauf habe ich keine Lust. Ich muss Simon suchen.

Am besten, ich gehe zu Onkel Sebastian. Dagegen können meine Eltern nichts haben. Er hilft mir bestimmt. Ich rufe ihn an, erreiche nur die Mailbox. Kündige meinen Besuch an.

Meinen Eltern schreibe ich einen kurzen Brief: Bitte, seid nicht böse, ich muss Simon suchen. Ihr könnt mich bei Onkel Sebastian erreichen. Ich melde mich regelmäßig, versprochen.

Ich möchte noch hinzufügen, dass ich sie lieb habe.

Aber ich kann nicht. Weil meine Augen voller Tränen sind.

Ich nehme meinen Rucksack und gehe.

12. Kapitel

Natürlich kenne ich Frankfurt. Ich war öfter hier mit Freundinnen. Wir haben samstags mal eine Shoppingtour gemacht. Wir sind durch die Straßen gezogen, haben uns Geschäfte angeschaut, Klamotten anprobiert, herumgealbert, uns anquatschen und auch mal auf einen Kaffee einladen lassen. Klar haben wir seltsame Leute gesehen, bei vielen Typen haben wir gedacht, dass sie bestimmt Drogen reinpfeifen. Wir haben spekuliert, was die Leute hier nehmen – ohne wirklich Ahnung zu haben. Zumindest gilt das für mich. Ich habe keinen blassen Schimmer. Annika wahrscheinlich auch nicht. Aber die anderen?

Jetzt stehe ich wieder vor dem Bahnhof. Es ist vollkommen anders, allein hier zu sein. Ich fühle mich nicht unternehmungslustig, toll, zum Streunen und Ausprobieren aufgelegt. Ich fühle mich fremd. Sogar klein. Dabei ist Frankfurt gar nicht so groß. Aber für mich hat es in diesem Moment etwas Bedrohliches. Hier passiert viel, von dem ich nichts weiß, was ich mir vermutlich nicht einmal vorstellen kann. Hier gibt es eine Szene, die ich nicht kenne und auch nicht kennenlernen will. Hier kann man schnell untertauchen. Hier ist man vielleicht auch schnell tot.

Ich stelle meinen Rucksack neben mich und hocke mich unter eines der Bäumchen auf dem Bahnhofsvorplatz. Dann ziehe ich den Stadtplan heraus. Ich würde mir gerne die wichtigsten Straßen so einprägen, dass ich nicht alle paar Minuten nachsehen muss. Ich möchte nicht, dass mich die Leute als Landei identifizieren. Ich will mich hier bewegen, als ob ich dazugehörte. Mir fallen Warnungen meiner Mutter ein. Deshalb ziehe ich den Rucksack näher zu mir heran, klemme ihn zwischen die Unterschenkel. Bloß nicht gleich beklaut werden.

Wie klein und unsicher ich mich fühle ohne meine Freundinnen, ohne meine Eltern! So gar nicht erwachsen. Lara allein in der großen Stadt. Lächerlich. Ich kenne Frankfurt. Ich weiß nur nicht, wo ich anfangen soll, nach Simon zu suchen.

Vielleicht ist der Bahnhof kein schlechter Ausgangspunkt. Wahrscheinlich ist Simon hier angekommen, genau wie ich.

Stand, seinen Rucksack in der Hand, vor dem Haupteingang und sah sich um. Genau wie ich.

Wusste nicht, wohin. Wenigstens das weiß ich. Ich rufe von einem öffentlichen Telefon aus noch einmal Onkel Sebastian an. Zu Hause und auf dem Handy. Spreche auf Anrufbeantworter und Mailbox. Sage ihm, was ich bei meinem ersten Anruf vergessen habe: Dass ich im Moment kein Handy habe und er mich deshalb nicht erreichen kann. Dann beschließe ich, einfach auf gut Glück vorbeizufahren. Es ist nicht so weit – und vielleicht kann ich wenigstens meinen Rucksack schon da lassen.

Er macht nicht auf. Ich überlege, was ich tun soll. Dann überwinde ich mich und rufe meine Eltern von einem Callshop aus an. Es kommt so, wie ich vermutet habe. Meine Mutter weint und schreit am Telefon, fordert mich auf, sofort nach Hause zu kommen, diese dumme Aktion, wie sie sagt, abzubrechen. Sie wolle nicht noch ein Kind verlieren, sie überlebe das nicht. Onkel Sebastian sei übrigens für drei Tage verreist, das hätte er mir selbst gerne gesagt, aber an mein Handy gehe ja immer nur dieser kaputte Typ Anton. Ihre Kinder hauten ja ohne Handy ab, was sei nur mit uns los, sie wäre gerne tot.

Ich lege auf. Das tue ich mir nicht an. Ich will Simon suchen. Wenn sie es nicht gut finden, wenn sie mich nicht unterstützen, ihr Problem. Simon ist hier in Frankfurt, da bin ich mir sicher. Und ich glaube, er braucht Hilfe.

Ich sehe auf meinen Rucksack. Wo soll ich hin? Dann die Idee. Annikas ältere Schwester lernt hier im Krankenhaus. Sie wohnt in einem Schwesternheim. Für zwei oder drei Nächte könnte ich bei ihr unterkommen, meint Annika, als ich sie anrufe. Sie regelt das mit Julia. Schwört mir hoch und heilig, dass sie meinen Eltern nicht sagt, wo ich bin.

Einen Moment zögere ich, bevor ich den Laden verlasse. Soll ich Susanne anrufen? Sie doch einweihen? Ich entscheide mich dagegen. Die Polizei kann ich immer noch einschalten. Erst mal suche ich Simon allein.

Zunächst sieht es vor dem Bahnhof aus, als wäre es ein ständiges Kommen und Gehen. Stimmt aber nicht. Viele Leute stehen einfach nur herum, als ob sie auf etwas warten.

Mit Bonzos Blick würde ich vermutlich eher erkennen, was hier gespielt wird. Wer hat was anzubieten, wer will was kaufen? Wer steht nur rum und wer sucht eine Gelegenheit?

Zwei Menschen, die sich kurz anrempeln und dann entschuldigen. War das eine Übergabe von Drogen?

Ein alter Mann, der ein junges Mädchen anspricht. Will er was von ihr? Geht sie darauf ein?

Jugendliche, die sich provozieren, Faxen machen. Schwänzen sie nur? Wann waren sie das letzte Mal zu Hause?

Männer, die schweigend an der Wand lehnen und am frühen Morgen schon Bier trinken. Haben sie nur keine Arbeit oder warten sie darauf, dass sich irgendein Deal ergibt?

Was ist mit dem, der da drüben hockt und so konzentriert der alten Frau hinterhersieht, die langsam über den Platz geht, ihre Handtasche lose über die Schulter gehängt? Jetzt steht er auf, geht hinüber …

»Was machst du da?«

Ich sehe hoch. Vor mir steht ein Polizist.

»Sitzen. Und warten.«

»Kann ich deinen Ausweis sehen?«

Ich würde gerne sagen, dass ich gesiezt werden möchte, dass er sich verpissen soll oder sonst irgendetwas Cooles, Lässiges, aber ich habe jetzt schon vor Angst die Hosen voll. Haben meine Eltern mich als vermisst gemeldet, haben sie die Polizei eingeschaltet?

Quatsch, ich bin gerade mal ein paar Stunden von zu Hause weg. Wegen einer Siebzehnjährigen, die auch noch brav einen Zettel schreibt und sich telefonisch meldet, macht die Polizei keinen Aufstand. Schon bei Simon waren die anfangs ganz lässig. Junge Leute hauen eben mal ab, basta.

Ich zeige dem Polizisten meinen Ausweis.

Ich versuche, das Zittern meiner Hand zu verbergen.

Ich ärgere mich darüber, dass ich Schiss vor ihm habe.

»Auf wen wartest du denn?«

»Auf meine Eltern. Die kommen mit dem Zug von Mannheim.«

Das würde mir gerade noch fehlen. Aber das Stichwort Eltern beruhigt den Bullen. Und der konkrete Hinweis Zug aus Mannheim erklärt, warum ein braves Mädchen wie ich am frühen Morgen vor dem Bahnhof hockt.

»Geh lieber rein und warte dort«, rät er mir. »Oder am Gleis. Hier ist es doch ein bisschen …« – er sieht sich um – »wenig einladend.«

Ich will ihn loswerden, also nicke ich, stehe auf und schlendere in Richtung Bahnhofsgebäude.

Von außen gefällt mir der Hauptbahnhof eigentlich ganz gut. In dieser Stadt, die an manchen Plätzen mit ihren Hochhäusern so ultramodern und kalt wirkt, sieht dieses Gebäude altmodisch aus. Mindestens hundert Jahre alt, denke ich und sehe die Fassade hoch zur Uhr. Fast gemütlich hier. Aber ich gehe nicht rein.

Der Polizist ist verschwunden. Auch die alte Frau, die ich beobachtet habe. Nur der Kerl, von dem ich dachte, er wollte ihre Handtasche klauen, der ist immer noch da. Er hat sich einen Kaffee besorgt und sich dann wieder hingesetzt. An meiner Menschenkenntnis sollte ich noch arbeiten.

Ich schlendere durchs Bahnhofsviertel. Kaiserstraße rauf, Münchener Straße runter, Taunusstraße rauf, dann die Querstraßen zwischen den dreien. Jede Menge Geschäfte. Ein paar alteingesessene Läden, daneben Billigkram. Obst, Gemüse, Lebensmittel. Cafés, in denen ich nicht sitzen will. Pornoschuppen. Viele Menschen. Manche drängeln sich durch, andere stehen einfach herum. An der einen Ecke viele Sprachen, kaum Deutsch. Ich komme mir vor wie in einem fremden Land. An der anderen Ecke eine Touristengruppe. Ein paar Jugendliche mit offenen Bierflaschen in der Hand. Ich fühle mich nicht wohl. Ich schäme mich für meine Unsicherheit, weil ich denke, es hat mit meinen Vorurteilen zu tun. Ich wollte doch nie welche haben.

Ich kaufe mir ein Handy. So billig wie möglich. Ich bin nahe dran, Bonzo anzurufen. Aber ich lasse es. Er soll nicht glauben, dass ich ihn brauche.

In mir verkrampft sich etwas, wenn ich an Max denke. Er ist weg, für mehrere Tage. Er sagte Abstand, aber es klang wie Abschied. Es tut so weh.

Ich rufe noch einmal Annika an. Sie hat alles mit Julia geregelt, sagt sie. Ihre Schwester hat heute erst später Dienst, also kann ich gleich meinen Rucksack ins Schwesternheim bringen.

Klar kenne ich Julia. Aus der Zeit, als sie noch zu

Hause wohnte und ich mit Annika besser befreundet war.

»Ein paar Tage Großstadt?«

Ich nicke.

»Ich frage jetzt nicht lange, warum und wieso und mitten in der Schulzeit.«

»Nett von dir.«

»Hat wohl mit Simon zu tun.«

»Du fragst ja doch.«

Eins zu null für mich. Julia wechselt das Thema.

»Hier ist das Bad, oder besser: die Nasszelle.«

Tatsächlich ist das Teil offenbar in einem Schwung aus Plastik gegossen. Wenn man auf der Toilette sitzt, kann man sich in der Dusche die Füße und im Waschbecken die Haare waschen, so eng ist es.

»Da ist dein Schlafzimmer.«

Eine Isomatte zu Füßen ihres Bettes.

»Deine Sachen stellst du am besten hier ab.«

Es ist der Platz unter ihrem Tisch.

»Küche.«

Zwei Herdplatten, eine winzige Abstellfläche.

»Vorratskammer.«

Ein fast leerer Kühlschrank.

»Eintrittskarte.«

Sie gibt mir den Ersatzschlüssel für ihre Wohnung.

»Danke«, sage ich nur.

Ich laufe durch die Stadt. Ewig. Ich starre Menschen an. Wo ist Simon? Wer könnte ihn kennen? Was macht er? Ich grase noch einmal das gesamte Bahnhofsviertel ab, weil ich nicht weiß, wo ich sonst suchen sollte. Hier muss er mal gewesen sein. Wenigstens den ersten Tag, an dem er in Frankfurt war. Aber wohin ist er gegangen? Wo ist er gelandet? Wo übernachtet er?

Das Bahnhofsviertel ist das Pflaster für alle Verlorenen, hat Max einmal gesagt, als wir über Frankfurt redeten und darüber, dass er dort studieren möchte. Damals fand ich, es klang sehr poetisch. Heute hört es sich für mich eher bedrohlich an.

Ich mache mir hier fast mehr Sorgen um meinen kleinen Bruder als zu Hause. Dennoch habe ich auch mehr Hoffnung. Denn ich tue etwas, ich warte nicht nur ab.

Ich laufe viele Stunden ziellos durch Frankfurt. Todmüde mache ich mich auf den Rückweg in Julias Apartment, kaufe unterwegs noch ein paar Lebensmittel. Schließlich wohne ich dort. Also kann ich auch was zum Haushalt beitragen. An einem Bankautomaten ziehe ich Geld. Blöd, dass ich nicht die dreihundert Euro aus Simons Zimmer eingesteckt habe.

Ich bin gerade damit fertig, den Kühlschrank einzuräumen, als Julia nach Hause kommt. Sie lächelt, als sie sieht, was ich eingekauft habe.

»Sollen wir kochen?«

Wir machen Nudeln mit Tomatensoße.

»Ich werde sonst nicht so gut verpflegt«, sagt Julia. »Danke, dass ich bei dir bleiben darf …«

»Geht nicht ewig. Ist eigentlich nicht erlaubt.«

Ich sehe sie verunsichert an, sie lacht.

»Macht aber jede hier. Trotzdem muss man ein bisschen aufpassen. Offiziell gehen Gäste um 23 Uhr, klar?«

Wir essen, spülen ab. Ich erzähle, dass ich nicht weiß, wo ich suchen soll.

»Hast du eine Ahnung, wo sich Leute treffen, die mit Drogen handeln?«

»Eigentlich kriegst du überall was, wenn du wirklich willst. Schulhof, Party, Kneipe, Straße …«

Julia erzählt von ihrer Ausbildung, von den anderen Schwestern, von den wenigen Pflegern, von netten und arroganten Ärzten, von gnadenlosen Dienstzeiten. Sie ist froh, dass sie mal jemanden hat, der den ganzen Mist noch nicht kennt und für den das alles neu ist, sagt sie. Ich höre wenigstens zu.

»Klingt ganz schön frustrierend, was du da erzählst«, sage ich.

Sie lacht.

»Vor allem hört es sich bestimmt so an, als würde ich das schon seit zwanzig Jahren machen. Dabei bin ich noch nicht mal mit meiner Ausbildung fertig.«

»Vielleicht ist es nicht das Richtige für dich.«

»Manchmal denke ich auch, ich hätte studieren sollen.«

»Das kannst du doch immer noch.«

»Dann muss ich noch das Abitur nachmachen. Dann werde ich zu alt.«

»Zu alt wofür?«

Wieder lacht sie. Julia ist ein fröhlicher Mensch, ich mag sie. Praktisch, zupackend, nicht so romantisch und weltfremd wie Annika manchmal sein kann.

Julia geht als Erste ins Bad. Ich versuche, meine Sachen so zu legen, dass sie alle beisammenbleiben und nicht allzu sehr stören. Ich höre ein Piepen. Instinktiv greife ich nach dem Handy, das auf dem Tisch liegt. Als ich merke, dass das nicht mein Handy ist, sondern das von Julia, da ist es schon zu spät. Ich habe gesehen, was da steht: Wann sehen wir uns? Max.

13. Kapitel

Julia schläft schnell ein. Ich bin auch todmüde. Aber ich kann nicht schlafen.

Julia und Max.

Okay, es gibt mehrere Max. Aber ich habe die Nummer gesehen, von der aus die SMS geschickt wurde. Es ist sein Handy.

Ich weiß auch, dass die beiden lange zusammen zur Schule gegangen sind. Julia hat sich vor zwei Jahren, nach der elften Klasse, vom Gymnasium verabschiedet und diese Ausbildung begonnen.

Sie kennen sich also.

Sie sind befreundet.

Alles ganz harmlos.

Oder ist da doch mehr?

Max und ich haben eine Krise. Seit Simon verschwunden ist, gab es keinen frohen Tag mehr. Die Unbeschwertheit war weg, die Leidenschaft auch. Es war ein Zueinanderstehen, wie nach 30 Jahren Ehe. Er war bei mir, er war für mich da, er hat mich getröstet.

Die erste Zeit war er mein größter Halt. Aber das

hat sich irgendwann geändert. Er war nicht mehr so oft da. Natürlich habe ich verstanden, dass er viel in Frankfurt zu tun hat, weil er sich auf sein Studium vorbereitet. Dazu die Arbeit im Jugendzentrum. Dann seine Mutter.

Er war überfordert. Kein Wunder, dass er sich ein bisschen zurückgezogen hat. Aber wir sind doch immer noch ein Paar. Selbst wenn wir einen heftigen Streit hatten – wir gehören zusammen. Er wollte nur ein paar Tage mit Freunden weg, auf eine Berghütte. Möglicherweise kein Handyempfang. Ist er gar nicht weggefahren? Ist er hier in Frankfurt? Vielleicht hat sich was in der Planung geändert. Aber er konnte mich nicht erreichen, denn mein Handy hat ja Bonzo.

Soll ich Max anrufen?

Ich muss dringend mit ihm reden. Über uns, über unsere Beziehung, die Zukunft, was passiert, wenn er während des Semesters die ganze Woche in Frankfurt ist. Ich muss ihm sagen, wie viel er mir bedeutet. Vielleicht habe ich ihm das zu lange nicht mehr gesagt. Aber ich habe auch Angst. Nach der SMS an Julia.

Beim Frühstück versuche ich herauszufinden, ob Annika ihrer großen Schwester von Max und mir erzählt hat.

»Annika und du, ihr versteht euch ziemlich gut, oder?«

Julia zuckt die Schultern. »Sie ist zu Hause, ich hier, warum sollen wir streiten?«

»Telefoniert ihr viel miteinander?«

»Meinst du wirklich, ich will wissen, in wen meine kleine Schwester im Moment verliebt ist? Das ändert sich doch quasi täglich.«

Stimmt. Wenn nicht sogar noch schneller.

»Ich hoffe, du bist nicht so.« Julia sieht mich prüfend an. Ich schüttle den Kopf.

»Feste Beziehung?«

»Im Moment habe ich echt andere Sorgen«, weiche ich aus.

»Entschuldige.«

»Schon gut.«

»Was ist mit dir?«

Julia lacht. »Dann würde hier jemand anderer liegen – und nicht du.«

Ihre Antwort beruhigt mich.

Im Internetcafé zögere ich zunächst. Wo und wie soll ich anfangen? Wen suchen? Simon? Oder diesen Gringo, mit dem er laut Bonzo zu tun hat? Ist Gringo der Drogenhändler? Vielleicht. Soll ich beide suchen? Aber wie und wo? Damit stehe ich wieder am Anfang meiner Überlegungen, meine Gedanken drehen sich im Kreis.

Simon hat Drogen an seiner Schule verkauft. Ich beschließe also, mit den Schulen anzufangen. Ich könnte auch Kneipen nehmen oder öffentliche Plätze und Parks, aber ich denke, am ehesten finde ich ihn, wenn ich mit Gleichaltrigen rede.

Ich suche Namen und Adressen von Frankfurter Schulen heraus.

Wenn Simon noch Stoff hat, dann wird er versuchen, ihn dort loszuwerden, überlege ich. Schließlich kennt er sich da aus. Vorausgesetzt, Bonzo hat recht. Auch wenn ich das alles als Blödsinn abgetan habe, inzwischen fürchte ich, ganz so falsch waren seine Spekulationen nicht.

Hunderte von Schulen, so kommt es mir vor. Womit soll ich anfangen? Hauptschule? Realschule? Gymnasium? Gesamtschule? Berufsschule? Es gibt noch so viele andere.

Vielleicht sollte ich nicht nach Schultypen vorgehen, sondern nach Stadtteilen. Das wäre einfacher.

Vor acht Uhr: Vor der einen Schule.

Erste Pause: Vor der zweiten Schule.

Zweite Pause: Vor der dritten Schule.

Nach dem Unterricht: Vor der vierten Schule.

Nachmittags: Vor der fünften Schule.

Wenn ich hier stehe, kann er dort sein. Wenn ich hier ankomme, kann er gerade gegangen sein. Er kann überall sein oder nirgends. Und vielleicht ist auch alles gar nicht wahr. Oder er ist längst woanders.

Aber so darf ich nicht denken. Sonst wird mir klar, wie sinnlos meine Aktion ist. Es ist auf jeden Fall besser, als eine Kerze ins Fenster zu stellen oder dämliche Fische zu füttern. Es ist ein Plan, der voll ist mit Terminen. Das ist das Wichtigste. Ich bekomme das Gefühl, dass ich ganz viel tue, um Simon zu finden.

Ich beschließe, in der Innenstadt anzufangen. Ich kreise ein Gebiet ein und schreibe mir die Adressen auf. Es ist schon elf Uhr. Ich kann also heute nur noch zwei Schulen anpeilen. Eine nach dem Unterricht, eine am Nachmittag. Kleiner Terminplan für diesen ersten Tag. Den für morgen mache ich auch gleich fertig. Dasselbe Gebiet, die nächsten fünf Schulen.

Bevor ich das Internetcafé verlasse, schreibe ich noch eine Mail an Onkel Sebastian. Ich gebe ihm meine neue Handynummer. Ich bitte ihn, sich zu melden, wenn er wieder in Frankfurt ist. Und er soll meine Eltern beruhigen. Ich mag sie nicht mehr anrufen oder schreiben, Mums Hysterie halte ich nicht aus. Aber es geht mir gut.

Ich weiß, man kann herausfinden, aus welchem Café ich geschrieben habe. Aber das ist mir egal. Das nächste Mal gehe ich eben in einen anderen Laden.

Ich bin wirklich eine brave Tochter. Ich sage Bescheid, selbst wenn ich etwas mache, was sie nie erlauben würden. So wie jetzt. Bitte seid nicht böse. Alles okay. Simon hat sich nie gemeldet. Dieser verdammte Idiot.

Ich stehe vor einem Gymnasium. Die fünfte Stunde ist vorbei, die ersten Schüler kommen heraus. Ich weiß nicht, auf wen ich zugehen soll. Die meisten hasten an mir vorbei. Wenn ich sie etwas fragen will, winken sie ab oder gehen einfach weiter, als hätten sie mich nicht gesehen.

Besser ich gehe zu denen, die noch in kleinen Gruppen zusammenstehen.

»Hey, ich suche jemanden.«

Sie mustern mich von oben bis unten. Sind ungefähr so alt wie ich. Schweigen.

»Kennt ihr den?«

Ich zeige ihnen Simons Foto.

»Was hat er denn angestellt?«

»So einen jungen Freund hast du?«

»Wir verpfeifen keinen.«

Ich versuche es mit der Wahrheit: »Er ist mein Bruder und seit ein paar Wochen verschwunden.«

Ein Junge lacht auf: »Er wird schon wissen, warum.«

Ich kämpfe mit den Tränen. Dabei habe ich doch gewusst, dass dumme Sprüche kommen.

Die Gruppe löst sich auf, ohne dass ich eine klare Antwort erhalten habe.

Ich gehe zu den Fahrradständern, wo noch der eine oder die andere das Rad aufschließt.

»Kennt ihr den? – Ich suche meinen Bruder. – Das ist Simon. Er ist verschwunden.«

Kopfschütteln.

Ein Mädchen lässt sich etwas länger Zeit. Dann zuckt sie die Schultern und geht.

Ich warte auf den nächsten Schwung Schüler, der nach der sechsten Stunde aus dem Gebäude kommen wird. Ich will klarer fragen, auf Gemeinheit oder Gleichgültigkeit vorbereitet sein, aber es bleibt dabei. Mir fällt keine bessere Frage ein als: »Kennt ihr den?« Und jede böse oder desinteressierte Antwort tut weh.

Sind die Jugendlichen hier anders als bei uns? Fast kommt es mir so vor. Ich möchte nicht provinziell wirken, aber es ist, als ob sie riechen, dass ich aus der Kleinstadt komme.

»Zum ersten Mal in Frankfurt? – Was willst du mit dem Zwerg? – Nimm mich. – Zu dir oder zu mir?«

Dieses Mal passe ich auf, dass ich nicht gleich losheule.

Um halb zwei wechsle ich die Schule. Nachmittagsunterricht. Es kommen und gehen weniger Schüler, dafür aber bleibt öfter mal einer stehen, wenn ich frage. Doch eines ist gleich.

Dumme Sprüche.

Anmache.

Gemeinheiten.

Drohungen.

Dann eine ganz neue Reaktion: »Brauchst du was?«

Ich sehe den Jungen mit großen Augen an. Er spürt meine Ahnungslosigkeit.

»Na ja, wenn du mich so fragst …«

Er winkt ab: »Vergiss es.«

Ich war nicht abgebrüht genug. Er hatte das Gefühl, ich will ihn ausfragen, vielleicht sogar hinhängen.

Dann passiert den ganzen Nachmittag nichts mehr. Außer drei Einladungen zu einem Kaffee, zwei ins Kino und eine ins Bett. Ich lehne alle ab. Vielleicht sollte ich wenigstens die ins Café annehmen. Ich brauche jemanden, der sich hier auskennt und mir weiterhelfen kann. Alleine komme ich nicht weit, das merke ich.

Nur zwei Schulen. Das hat mich schon dermaßen geschafft, dass ich am liebsten aufgeben möchte. Nur noch zurück in Julias Bude und in ihrer Nasszelle lange heiß duschen.

»Hast du heute Abend schon was vor?«

Ich habe ihn nicht kommen hören, erschrocken drehe ich mich um. Er lacht und hebt die Hände, als wollte er mir beweisen, dass er nicht bewaffnet ist.

»Hey, das ist kein Überfall.«

»Entschuldige, ich war in Gedanken.«

Er ist so groß wie Max, aber etwas schlaksiger. Er lächelt mich an, aber ich traue ihm nicht. Zu viele dumme Sprüche und schräge Angebote habe ich eingesteckt.

»Also: heute Abend?«

Ich sage nicht, dass ich mich am liebsten jetzt schon im Bett verkriechen will.

»Es steigt ne Riesenparty.«

Also doch. Er baggert mich an. Am liebsten würde ich sagen: »Verpiss dich.« Aber ich habe Schiss vor dem Kerl. Ich weiche einen Schritt zurück. Er spürt meine Angst, er lacht leise.

»Seh ich aus wie ein Triebtäter?«

»Wie sehen die aus?«

»Anders.«

»Schön, dass du das so genau weißt.«

Er wird ungeduldig.

»Was ist?«

»Mir ist nicht nach Party.«

»Wahrscheinlich die letzte Open-Air-Veranstaltung in dieser Saison. Noch ist es warm genug.«

»Bist du taub? Ich mag nicht.«

Er deutet mit dem Kopf auf Simons Foto, das ich noch in der Hand halte. Zerknittert, aber ganz.

»Wenn du den irgendwo in Frankfurt treffen kannst, dann am ehesten da.«

Ich lache ihn aus.

»Guter Trick. Aber ganz so blöd bin ich nicht.«

»Glaub mir, alle sind da. Und es gibt auch alles.«

Ich zögere, bin unsicher. Vielleicht ist es ein Trick. Vielleicht auch eine Chance. Wie soll ich das wissen?

Er seufzt, dann zieht er einen Zettel und einen Stift heraus und schreibt etwas auf.

»So gegen zehn Uhr geht's los«, sagt er noch. »Übrigens: Ich bin Konstantin.«

Julia sieht in ihrem Stadtplan nach, dann lacht sie.

»Das ist ja wirklich in einer gottverlassenen Gegend.«

»Du meinst, da ist gar nichts los.«

»Im Gegenteil. Wenn irgendwo richtig Party ist, dann dort. Keine Häuser weit und breit, niemand holt die Polizei. Und eine Autobahnbrücke ist auch da.«

Ich verstehe nicht, was sie meint.

»Wenn es regnet, verlegen sie das Happening sicher unter die Brücke.«

Julia drückt mir den Stadtplan in die Hand und eine Fahrkarte.

»Der Typ hat recht. Bei solchen Partys triffst du eine Menge Leute. Auch die, die du garantiert nie sehen wolltest.«

Sie lacht, dann nimmt sie mich in den Arm.

»Ich lasse mein Handy an. Wenn was ist, melde dich. Ich bin zwar im Kino ...«

»Kenne ich ihn?«, frage ich und bemühe mich um einen scherzhaften Ton. Dabei denke ich an Max.

»Sie heißt Danuta und ist eine Kollegin.«

Ich glaube ihr kein Wort.

Endstation. Lauter Jugendliche steigen aus. Ich auch. Die meisten haben schon eine Bierflasche in der Hand.

Ich rechne mit einer Menge Sprüche und Anmache. Fast wünsche ich mir, ich wäre mit Konstantin gekommen, dann würde ich mich sicherer fühlen. Aber auch so passiert nichts. Vielleicht übersehen sie mich. Oder sie akzeptieren mich, weil ich das gleiche Ziel habe wie sie. Die letzte Freiluftparty der Saison.

Ich will nicht auffallen und ich will diese blöde Unsicherheit loswerden. Also besorge ich mir auch ein Bier. Trinke und gehe mit den anderen in Richtung Musik. Die ist höllisch laut. Ringsum nur Pampa, es ist ziemlich dunkel. Ich fühle mich wie zwischen Schrottplatz und Autobahn. Das ist auch nicht so ganz falsch. Am Rauschen höre ich, dass in der Nähe viel Verkehr ist. Julia hatte recht: eine Autobahnbrücke. Darunter wird wohl der größte Teil der Party stattfinden. Denn es beginnt zu regnen. Erst nur ein bisschen, dann ein bisschen mehr.

Sie haben Licht, sie haben Strom für ihre Musik, keine Ahnung, wie sie das gemacht haben. Sie stehen in Gruppen zusammen und reden, vielmehr schreien sie sich ins Ohr. Manche tanzen, aber es sind nicht viele. Macht es Spaß, hier zu stehen, Bier zu trinken und sich ab und zu ein Wort zuzubrüllen? Bin ich zu spießig für eine echt angesagte Party in Frankfurt? Oder müsste ich etwas einwerfen, um mich wirklich wohl hier zu fühlen? Ich kaufe mir noch ein Bier. Eigentlich mag ich diesen bitteren Geschmack nicht, aber ich merke, dass mich der Alkohol ein bisschen entspannter und lockerer macht. Ich fühle mich sicherer, wie eine unter vielen. Soll mich doch einer anmachen, das ist mir jetzt egal.

Zwischendurch schleichen sich die Gedanken an Max ein. Er ist nicht mit Freunden weggefahren. Er ist in Frankfurt. Ich hätte Julia offen nach ihm fragen sollen. Aber ich hatte Angst vor ihrer Antwort. Ich schiebe den Gedanken weg. Ich brauche meine Kraft, um Simon zu suchen.

Ich gehe einfach herum. Niemand beachtet mich. Ich sehe mir die Gesichter an. Kenne ich einige Leute von heute Mittag oder Nachmittag, habe ich sie im Schulhof oder davor getroffen, haben sie mich dumm angeredet, haben sie versucht, mir zu helfen? Ist Konstantin da und werde ich ihn finden? Wie viele Menschen sind das überhaupt? Hundert? Zweihundert? Noch viel mehr? Ich habe keinen

Überblick, dazu ist es zu dunkel und das Gelände zu groß. Zwar drängeln sich die meisten jetzt unter der Autobahnbrücke, aber hier und da stehen noch kleinere Grüppchen, manche bauen sogar ein Zelt auf, scheinen sich auf eine Nacht im Freien einzurichten.

»Nicht ganz dein Stil, oder?«, sagt einer neben mir.

Ich sehe ihn überrascht an. »Bonzo! Was machst du denn hier?«

»Ich hab ne Einladung«, sagt er und grinst.

»Woher weißt du, dass ich hier bin?«

Er sieht auf meine leere Bierflasche.

»Du sprichst undeutlich, Lara.«

»Du kannst mich mal.«

»Und deine Wortwahl …«

Gespielt besorgt schüttelt er den Kopf. Ich werfe meine leere Flasche weg und schnappe mir seine. Trinke sie in einem Zug leer.

»Jetzt aber langsam.«

Ich muss rülpsen, dann werfe ich auch diese Flasche weg, sehe ihn herausfordernd an.

»Was willst du von mir?«

»Ich bin nicht wegen dir da, Lara.«

Fast bin ich ein bisschen enttäuscht.

»Sondern?«

»Ich hab da so ne Ahnung.«

Ich plustere mich auf: »Rede Klartext mit mir!«

Da sehe ich ihn und mir stockt der Atem.

»Max«, sage ich leise.

Was ich fühle?

Enttäuschung, weil er mich belogen hat.

Erleichterung, dass er hier ist.

Erstaunen, weil ich mir nicht vorstellen kann, was er hier macht.

Freude, weil er mich sicherlich gleich sehen und in die Arme nehmen wird.

Dann wird alles gut.

Jetzt sieht auch Bonzo hin.

»Da ist er ja«, meint er lapidar.

»Ja. Mit wem redet Max da?«

»Das ist Gringo.«

14. Kapitel

Auf einmal steigt Wut in mir hoch. Ich möchte gleich hingehen. Max zur Rede stellen. Ihn mit sämtlichen Fragen auf einmal bombardieren.

Warum ist er in Frankfurt?

Was ist mit Julia?

Woher kennt er Gringo?

Ich wanke auf die beiden zu und stoße dabei üble Drohungen aus.

Dass ich ihn fertigmache.

Dass ich ihn schlage. Diesen Gringo natürlich gleich dazu.

Bonzo redet auf mich ein, ich solle nicht hingehen. Keine Chance.

Der Alkohol hat mich stark gemacht. Zumindest was die Worte betrifft. Ansonsten nicht so sehr. Ich schwanke, ich rede laut und undeutlich. Vielleicht mein Glück, dass die Musik noch lauter ist. Bonzo hält mich am Arm fest.

»Lass mich los! Ich will da hin.«

»Du kannst doch kaum noch stehen oder reden.«

»Ich weiß schon, was ich sagen muss.«

»Das glaub ich nicht.«

Bonzo ist stärker als ich. Er legt die Arme um mich, hält mich fest. Ich versuche, mich loszureißen, ich strample wild mit den Beinen, ich keife und will ihn beißen, alles vergeblich. Sieht bestimmt total komisch aus. Auf jeden Fall haben wir schon Publikum.

»Hey, die Kleine hat aber Feuer.«

»Die ist ja ne echte Herausforderung.«

»Kann ich mir die mal leihen?«

»Also, ich will die nicht geschenkt.«

Gringo sieht kurz her, nickt Bonzo zu, grinst ein bisschen, weil ich gerade versuche, Bonzo gegen das Schienbein zu treten, was aber voll danebengeht. Bevor Max sich umdrehen und mich entdecken kann, hat Bonzo mich schon weggeschleppt. Weg aus dem Lichtkegel, der direkt über uns hing und uns beleuchtete, als wären wir der Showact bei dieser Party. Wir stehen im Dunkeln, niemand beachtet uns jetzt, keine Bemerkungen mehr. Alle haben sich ihren Joints und Bierflaschen zugewandt, einige tanzen, die meisten quatschen oder hängen einfach ab.

Bonzo atmet tief durch.

»Ganz schön heftig.«

»Lass mich endlich los.«

»Alles nur zu deinem Besten.«

»Du klingst schon wie meine Eltern!«

Bonzo grinst: »Völlig neue Rolle für mich.«

»Ich muss mit Max reden! Und mit diesem Gringo.«

»Lass es. Du bist blau, Lara. Du machst alles nur noch schlimmer.«

Ich höre nicht auf ihn. Ich gehe einfach los, hinein in die Dunkelheit, in der so viele junge Leute rumstehen, trinken, sich anschreien, weil sie die Musik übertönen müssen. Ich suche Max. Aber ich finde ihn nirgends.

Die nächste Flasche Bier schmeckt mir überhaupt nicht mehr. Aber es ist nicht viel anderes da. Ich will jetzt mitsaufen, so frustriert bin ich. Stapfe entschlossen über dieses blöde Feld, starre in fremde Gesichter, in der Hoffnung, es könnte Max sein. Er ist wie vom Erdboden verschluckt. Ich besorge mir noch ein Bier. Lehne mich an einen Baum und trinke. Denke nach, trinke weiter.

Ein Typ kommt auf mich zu, hält mir eine Art Zigarette hin. Haschisch? Vermutlich. Wird Zeit, dass ich das auch mal probiere. Ich bin doch die Einzige, die keine Ahnung hat. Klar habe ich es mit dem Rauchen versucht, vor zwei, drei Jahren mal. Mir ist schlecht geworden davon. So ist es auch jetzt. Ich nehme einen tiefen Zug, ich bemühe mich, nicht zu husten, ich gebe das schiefe Ding zurück, versuche, lässig zu nicken. Der Typ drückt sich an mich. Ich mache mich los und stolpere. Muss wohl an der Dunkelheit liegen.

Dann die Idee: Ich rufe Max an. Von meinem neuen Handy. Die Nummer kennt er ja gar nicht! Deshalb meldet er sich nicht, ruft, wenn überhaupt, auf dem alten an. Dieser Gedanke muntert mich auf. In meinem Alkoholnebel stelle ich mir vor, wie Max verzweifelt versucht, Kontakt mit mir aufzunehmen. Aber ich bin für ihn unerreichbar. Dabei sind wir doch auf derselben Party!

Ich ziehe mein neues Handy heraus. Es macht mir Mühe, die Tasten zu bedienen. Ich höre seine Mailbox. Ich spreche darauf. Aber besonders klar sind meine Worte nicht. Ich lege auf. Erst überlegen, was ich sagen will. Und deutlich sprechen. Auch der zweite Versuch scheitert. Bonzo hat recht: Ich kann nicht mehr reden. Ich bin blau.

Und es ist schön.

Ich setze mich mit meiner neuen Bierflasche in eine Ecke. Ich sehe den Leuten zu, wie sie reden, wie sie lachen. Sie sind alle so nett. Ich spüre, wie der Beat der Musik in meinem Bauch wummert. Das fühlt sich gut an. Ich denke an Simon, der sich vielleicht auch auf irgendeiner Party amüsiert. Und an Max, den ich nachher anrufe. An meine Eltern, die sich nicht so viele Gedanken machen sollten, weil es sich nicht lohnt. Ich trinke noch einen Schluck Bier. Toll ist es hier. Wenn mir nur nicht so schlecht wäre.

Schläge ins Gesicht. Immer wieder.

»Lara, wach auf.«

Ich stöhne und drehe mich weg, will meine Ruhe.

Jemand zwingt mich, den Mund aufzumachen. Fasst mit einem Finger hinein. Es schmeckt nach Tabak, nach Dreck. Eklig. Mir wird noch schlechter als mir ohnehin schon ist.

Ich muss mich übergeben. Ich werde zur Seite gedreht, der Schwall klatscht neben mir auf den Boden. Ich lasse die Augen zu. Ich will nicht sehen, was da ist. Schlimm genug, dass ich es riechen muss.

Jemand zieht mich hoch. Jetzt öffne ich vorsichtig doch die Augen. Sehe bunte Bilder an einem Hals und Metall in der Nase. Es ist Bonzo.

»Du spinnst komplett«, sagt er.

»Es war doch Party.«

»Deshalb musst du dir nicht die Kante geben.«

»Machen doch alle.«

»Die meisten vertragen mehr als du.«

»Muss ich noch üben.«

Bonzo sagt nichts. Er lehnt mich an einen Baum. Mir ist schwindlig, aber ich falle nicht gleich um. Die Augen mache ich lieber wieder zu. Alles so hell hier. So realistisch. Der Zauber der Nacht ist weg. Die Konturen sind wieder klar. Wenigstens einigermaßen. Es wummert nicht mehr so schön, das Feld ist übersät mit Flaschen, Kippen und Dreck. Ein paar Leute liegen auch noch herum.

»Ich will nach Hause.«

»Erst machen wir dich sauber.«

Ich kichere. Denn ›wir‹ machen gar nichts. Ich lehne an dem Baum und versuche, mich auf den Beinen zu halten. Bonzo fasst in meine Jeanstasche, um ein Papiertaschentuch herauszuziehen. Mit einiger Mühe gelingt es ihm, er beginnt, an mir herumzuwischen.

»Spuck mal.«

Ich spucke.

»Hey, nicht auf mich, aufs Taschentuch.«

Ich mache ein halbes Auge auf, ziele genauer, treffe. Er wischt mit der Spucke auf meiner Stirn herum.

»Das ist ja eklig.«

»Stimmt«, sagt er nur.

Bonzo fährt mir durchs Haar, das soll wohl frisieren sein. Dann zieht er an meinem T-Shirt herum, das ziemlich schräg an mir dranhängt.

»Okay, sie werden uns schon mitnehmen.«

»Wer?«

»Die Leute vom Rhein-Main-Verkehrsverbund.«

Ich kichere wieder. Bonzo klingt so offiziell.

»Warum sollten sie nicht?«

»Weil du ihnen ihre hübschen Polster dreckig machen könntest, so wie du aussiehst.«

»Schlimmer als du?«

»Guck mal an dir runter, wenn du dich traust.«

Er hat recht. Ich sehe übel aus.

Bonzo schleift mich über das Gelände. Ich habe den Arm um seine Schulter gelegt. Ich taumle mehr neben ihm als dass ich gehe. Mir ist schlecht, mir ist schwindlig, ich bin müde. Nein, ich bin krank. Mein Herz wummert in meinem Kopf. Ich bin eine anatomische Besonderheit. Bonzo lacht, als ich das sage.

Die anderen Menschen fahren zur Arbeit. Sie haben die Nacht vermutlich in ihrem Bett verbracht, sie sind geduscht und ordentlich gekleidet. Sie sehen aus, wie ich sonst aussehe.

Wir sitzen im Bus, ich lehne mich an Bonzo und schließe wieder die Augen, damit ich die missbilligenden Blicke nicht sehen muss. Aber jetzt dreht sich die Welt um mich, also mache ich sie wieder auf. Ich muss mich konzentrieren. Darauf, dass ich mich nicht noch einmal übergebe. Ich schlucke fest.

»Bonzo, mir ist schlecht.«

Wir steigen aus. Ich kotze auf den Bürgersteig. Ein Passant beschimpft mich als besoffene Schlampe.

»Ich bin schwanger«, rufe ich ihm nach, weil mir gerade nichts Besseres einfällt.

»Das arme Kind!«, schreit er zurück.

»Es muss Ihre Rente verdienen!«, brülle ich.

Bonzo lacht.

»Du solltest öfter mal was trinken, du bist dann witziger.«

»Vielleicht nicht so viel«, stöhne ich.

Bonzo besorgt Brötchen und Kaffee. Ich glaube, dass ich nichts runterkriege, aber dann geht es doch. Allmählich fühle ich mich besser.

Wir steigen in den nächsten Bus und fahren zu Julia. Es ist später Vormittag, als wir endlich ankommen. Julia ist schon wieder zur Arbeit. Ich lasse mich auf ihr Bett fallen. Die Welt dreht sich jetzt langsamer um mich.

Bonzo geht ins Bad, holt Aspirin, löst es in Wasser auf, hält mir das Glas hin. Ich trinke, er dreht sich eine Zigarette, stellt sich ans offene Fenster und raucht.

»Mir wird wieder schlecht.«

Bonzo bringt mich ins Bad. Aber ich kann mich nicht mehr übergeben. Ich wasche mir die Hände und das Gesicht. Immerhin das. Aber ich will mich nicht im Spiegel ansehen. Das schaffe ich nicht.

Eine Erinnerung taucht auf.

»Als ich da wach geworden bin, da war einer, der hat mir einen Finger in den Mund gesteckt.«

»Und du hast zugebissen.«

»Ist ja auch widerlich.«

»Wärst du lieber ins Krankenhaus gekommen?«

»Warst du das Bonzo? Dann wasch dir das nächste Mal die Hände.«

»Der Alkoholpegel sinkt. Du wirst wieder spießig.«

Ich strecke ihm die Zunge raus. Sie fühlt sich an wie ein alter versiffter Teppich.

Dann liege ich wieder auf Julias Bett. Bonzo bringt mir Tee.

»Danke, Bonzo.«

»Schon gut.«

»Warum tust du das alles für mich?«

»Blöde Frage.«

»Sag's mir.«

»Das willst du nicht wissen.«

»Doch.«

»Schlaf jetzt. Wir reden später.«

Ich träume wirres Zeug. Meine Eltern auf der Party, mein Vater verkauft Pillen und Gras, meine Mutter pflegt die Bierleichen. Bonzo trägt einen Anzug und fährt ein tolles Auto. Max läuft die ganze Zeit hinter mir her, aber ich ignoriere ihn.

Als ich wieder aufwache, sind die Bilder alle noch da. Erst ganz allmählich fällt mir auf, was an diesen Hirngespinsten komisch ist: Simon ist nicht da gewesen. Er ist sogar aus meinen Träumen verschwunden.

Bonzo sitzt am Boden und liest.

»Was liest du?«

Er hält das Buch hoch. Ich kneife die Augen zusammen, damit ich den Titel besser erkennen kann.

»*Praxis und Theorie der Krankenpflege*. Von Julia?«

Er nickt.

»Hat sie keine anderen Bücher da?«

»Dachte, ich könnte was lernen.«

»Zum Beispiel?«

»Umgang mit Alkoholleichen.«

Ich versuche, nach ihm zu schlagen. Nicht einmal das gelingt mir.

Ich dusche, ich ziehe etwas Frisches an. Wohin mit den dreckigen Klamotten? Wir gehen in einen Waschsalon. Auch Bonzo will ein paar T-Shirts waschen. Wir stopfen unsere Sachen in eine Maschine. Setzen uns hin, trinken wieder Kaffee, sehen der Waschmaschine bei der Arbeit zu.

»Warum hast du mich nicht mit Max reden lassen?«

»Ich dachte, du baust Mist, so blau wie du warst.«

»Max und Gringo kennen sich offenbar ganz gut.«

Bonzo sagt nichts.

»Am besten, ich rufe Max nachher an und frage ihn.«

Ich versuche, locker zu klingen. Max, der in die Berge wollte, aber in Frankfurt ist. Max, der Julia eine SMS geschickt hat. Max, der auf der Party auftaucht. Max, der Geheimnisse vor mir hat.

Mir fällt etwas ein.

»Sag mal, was ist eigentlich mit meinem Handy?«

Er zieht das Ding heraus und gibt es mir.

»Viele Anrufe?«

»Mhm.«

»Du hast doch nicht meine SMS gecheckt oder so.«

Er schüttelt den Kopf.

»Bist auch nicht rangegangen?«

»Am Anfang schon. Schöne Grüße von einer Kommissarin und von Max natürlich.«

Ich sehe ihn fassungslos an: »Tickst du noch ganz sauber? Damit kommst du jetzt erst an?«

»Schon vergessen? Du warst bis eben noch im Koma!«

Hektisch klicke ich auf meinem Handy herum. Ich suche Nachrichten von Max. Ich höre seine Stimme, lese seine SMS.

»Muss mit dir reden, kann jetzt aber nicht.«

Das klingt noch reichlich vage.

»Will dich in der schweren Zeit nicht alleinlassen, aber irgendwie ist alles anders.«

Was soll das denn?

»Kostet uns Simons Verschwinden unsere Liebe? Ich weiß nicht mehr, was du für mich empfindest. Du bist so weit weg.«

Hey, wer ist hier von wem weit weg? Und wer weiß nicht mehr, was er für wen empfindet?

»Mit deiner Mutter hab ich auch mal telefoniert«, sagt Bonzo. »Konnte sie aber nicht beruhigen.«

Mich plagt mein schlechtes Gewissen. Ich kenne die Angst und Sorge meiner Eltern, ihre Verzweiflung und Unsicherheit. Ich vermisse sie.

Ich schicke ihnen eine SMS mit meinem alten Handy. »Es geht mir gut. Macht euch keine Sorgen.«

Sie rufen sofort an. Ich drücke den Anruf weg. Ihre Stimmen zu hören könnte ich jetzt nicht ertragen.

Dann ihr Anruf auf dem neuen Handy. Woher haben sie die Nummer? Die kann ihnen nur Onkel Sebastian gegeben haben. Der Verräter. Statt dass er sich bei mir meldet, schaltet er gleich meine Eltern ein. Wieder ein Verbündeter weniger.

Ich will Max eine SMS schicken. Bonzo sieht das. Nimmt mir das Handy weg.

»Lass doch den Idioten.«

»Noch ist er mein Freund.«

»Weiß er das?«

Darauf habe ich keine Antwort.

Ich erzähle Bonzo von meiner Suchaktion an den Schulen. Bonzo wirkt amüsiert, das ärgert mich.

»Tu jetzt nicht so, als wäre das Kleinmädchenkram.«

»Schlau ist es jedenfalls nicht.«

»Ich mache wenigstens was.«

»Das Falsche.«

»Du kannst nur dummschwätzen.«

Ich bin laut geworden. Die anderen Leute im Waschsalon sehen uns skeptisch an.

»Ich mach dir einen Vorschlag. Vergiss Max für zehn Minuten und lass mich mal was sagen.«

Was wird das? Eine Liebeserklärung? Ich rücke ein bisschen von ihm ab.

»Ich hab mir noch mal Kralle und Yannick vorgenommen, bevor ich nach Frankfurt gekommen bin. Der Anruf bei euch, die Sache mit dem Sprachverzerrer, das war Kralle.«

Einen Moment muss ich überlegen: Worum geht es? Der Erpresser! »Ich weiß, wo Simon ist«, das hat er gesagt. Doch mein Zuhause, das Warten nach Simons Verschwinden, dieser anonyme Anruf, das ist alles so weit weg, seit ich in Frankfurt bin.

»Er hatte nur so eine vage Ahnung, dass Simon in Frankfurt sein könnte und wollte Geld erpressen«, erzählt Bonzo weiter, während er unsere Wäsche aus der Maschine holt und in den Trockner schiebt. »Aber nach dem ersten Anruf bei euch hat er dermaßen Schiss gekriegt, da hat er's nicht noch mal versucht.«

»Der miese kleine Zwerg. Wir hatten eine solche Panik.«

»Das hatte er auch, als ich erwähnt habe, dass ich Gringo gut kenne und der ihm gewaltig schaden kann.«

»Also hat Gringo unsere Schule beliefert.«

»Es ist ein bisschen komplizierter«, meint Bonzo. »Früher waren Gringo und ich Kumpel auf der Straße. Aber er ist im System aufgestiegen, jetzt arbeiten andere für ihn und er hält sich eigentlich aus dem Tagesgeschäft raus.«

»Aber er steckt dahinter.«

Bonzo nickt.

»Ich will mit ihm reden.«

Bonzo schüttelt den Kopf. »Das mache ich.«

Ich werde sauer: »Du denkst, du kannst alles besser.«

»Alles nicht. Aber das schon.«

Egal, was ich noch sage, er geht nicht mehr darauf ein.

Die Wäsche ist fertig. Wir gehen zurück zu Julias Wohnung. Bonzo kocht wieder Tee.

Ich sitze da, meine beiden Handys in der Hand. Ich erinnere mich an Simons Handy, das zu Hause herumlag. Mir ist plötzlich klar, dass mein kleiner Bruder schon längst ein zweites, vielleicht sogar ein drittes Handy hatte. Eines für sein Leben als netter Junge aus einer normalen Familie und ein anderes für seine Geschäfte, von denen wir alle nichts wussten.

Simon führte ein Doppelleben, und irgendwann wurde das zweite Leben wohl so heftig, dass er es nicht mehr parallel zu dem bei uns im Einfamilienhaus auf die Reihe kriegen konnte.

Jetzt geht's mir ähnlich. Ich habe Kontakte gekappt, ich will nicht gefunden werden, ich gehe einen eigenen Weg auf der Suche nach Simon.

Bonzo kommt mit dem Tee. Ich bin schon wieder so müde. Lehne mich an ihn. Wir sind beide still.

Ich höre Bonzo leise schnarchen, dann döse ich auch weg.

Als ich aufwache, wird es draußen schon wieder dunkel.

Ich höre die Dusche aus der Nachbarwohnung, die lauten Schritte der Schwesternschülerin, die über Julia wohnt. Sie trägt gerne Holzschuhe im Haus, das hört man.

Draußen auf dem Flur Stimmen. Ein Lachen. Das könnte Julia sein. Schlüssel im Schloss.

Julia kommt herein.

»Puh, hier riecht's nach Rauch«, sagt sie.

Natürlich kennt auch sie Bonzo von früher.

Ihre Begeisterung hält sich in Grenzen.

»Vielleicht bin ich ja ein bisschen spießig«, faucht sie. »Aber ich komme todmüde von der Arbeit, es stinkt entsetzlich und ihr kuschelt auf meinem Bett?«

Bonzo streckt sich erst mal in aller Seelenruhe. Julia reißt das Fenster auf.

»Ich dusche jetzt. Wenn ich wiederkomme, bist du weg.«

Sie wirft mir noch einen tödlichen Blick zu, dann geht sie in ihre Nasszelle. Kurz darauf höre ich das Wasser rauschen.

Bonzo steht auf.

»Bis dann.«

»Wann gehen wir zu Gringo?«, rufe ich ihm nach, als er schon fast an der Tür ist.

Bonzo kommt zurück, nimmt mein altes Handy.

»Ich ruf dich an, wenn ich mit ihm geredet hab.«

»Ich will mit!«

»Er ist gefährlich, Lara.«

»Ich will trotzdem mit.«

»Vergiss es.«

Dann ist er fort. Ich sollte jetzt kochen für Julia, glaube ich. Mir was Nettes überlegen. Sie beruhigen, beschwichtigen, irgendwas.

Stattdessen starre ich auf ihre Tasche, die sie auf den Stuhl gelegt hat. Ich sehe ihr Handy. Ich habe eine Idee.

»Können wir uns treffen? In einer Stunde im Café an der Hauptwache.«

Kein Name unter die Nachricht.

Julia zu schreiben, das kriege ich nicht hin.

Ich schicke die SMS an Max. Lösche sie. Lege das Handy zurück.

Schreibe einen netten Zettel: »Tut mir leid, ich mach alles wieder gut.«

Wahrscheinlich denkt Julia, es geht um die verrauchte Bude und Bonzo. Aber ich meine die SMS. Und dass ich jetzt nicht mit ihr rede, auch nicht koche, sondern einfach verschwinde.

Wozu brauche ich Bonzo? Max kennt Gringo auch. Er wird mir helfen. Auch wenn wir Schwierigkeiten miteinander haben. Er mag Simon, gemeinsam finden wir ihn. Und miteinander reden sollten wir sowieso mal.

Jetzt ist die Gelegenheit.

15. Kapitel

Ich sitze schon eine Viertelstunde im Café. Ständig rühre ich in meinem Tee, sehe auf die Uhr, gucke zur Tür, kratze an einer juckenden Stelle meines Unterarms, rühre wieder im Tee.

Wie soll ich Max erklären, dass ich ihn mit Julias Handy hierher gelockt habe?

Stopp: Ich muss mich nicht rechtfertigen. Ich will Fragen stellen. Antworten erhalten.

Immer wieder rede ich mir das ein:

Er muss mir was erklären. Nicht ich ihm.

Warum ist er in Frankfurt und nicht auf Bergtour mit seinen Freunden, wie er mir gesagt hat?

Woher kennt er Gringo, der mit Drogen zu tun hat und vielleicht auch mit Simons Verschwinden?

Und was mich fast am meisten interessiert: Was ist mit ihm und Julia?

Was ist mit uns beiden, wie geht es weiter?

Wird er mir helfen, Simon zu suchen und zu finden?

Es werden immer mehr Fragen, und wenn ich alle durchgegangen bin, fange ich wieder von vorne an.

Da kommt Max herein. Wie aus dem Ei gepellt. Man würde nicht denken, dass er vor ein paar Stunden noch unter einer Autobahnbrücke Party gemacht hat.

Er sieht sich suchend um. Nach Julia. Entdeckt mich. Zuckt leicht zusammen.

Ich würde am liebsten winken. Kann mich aber beherrschen. Ich will, dass er auf mich zukommt.

Er nähert sich langsam. Dabei sieht er sich immer noch um, nach Julia. Bis er bei mir ist, hat er das Café weitgehend gecheckt. Julia ist nicht da. Es scheint ihn zu beruhigen. Denn er wirkt plötzlich wieder souverän, so wie ich ihn kenne.

Er lächelt mich an, verhalten, ein bisschen melancholisch.

»Lara, was machst du denn hier?«

»Die SMS war von mir.«

Hätte ich ihn länger zappeln lassen sollen?

Das kann ich nicht.

Eine leichte Röte legt sich über seine Wangen, seine Augen verengen sich zu Schlitzen. Max ist wütend.

»Aber ...« Das Aber klingt scharf, doch dann hat er sich wieder im Griff.

»Sie kam nicht von deinem Handy.«

Er versucht, gelassen zu klingen. Er erwähnt den Namen Julia nicht.

»Ich hatte meines gerade nicht zur Hand.«

Max mustert mich einen Moment nachdenklich, dann nickt er. Er schluckt die Begründung, will offenbar keinen Streit. Er winkt der Bedienung, bestellt sich Cappuccino und setzt sich zu mir.

»Ich wohne ein paar Tage bei Julia«, sage ich und ärgere mich über mich selbst. Ich gebe Max Informationen, ohne dass er überhaupt danach fragt. Ich möchte doch etwas von ihm erfahren. Stattdessen fange ich an zu reden.

Max trägt ein feines Hemd, ein hübsches Sakko, das ich gar nicht kenne. Er schlägt die Beine übereinander und jetzt fällt mir auf, dass die Jeans und auch die Schuhe nicht billig gewesen sein können. Er war nicht immer so gut gekleidet. Woher hat er plötzlich das Geld?

Ich weiß nicht, wie ich anfangen soll. Deshalb zögere ich. Sehe ihn unsicher an. Was kann ich in seinen Augen lesen? Wärme, Verständnis, Vertrautheit, Nähe? Ich lese nichts.

»Ich nehme an, du hast eine Menge Fragen, Lara«, sagt er dann. »Also fang an.«

Er geht in die Offensive. Ich dachte, ich könnte hier das Gespräch lenken, aber ich war zu langsam.

»Was ist mit dir und Julia?«, platzt es aus mir heraus.

Es ist die allerunwichtigste Frage im Moment. Es geht doch um Simon.

Max mustert mich einen Moment. Er wirkt fast amüsiert.

»Möchtest du nicht lieber wissen, warum ich in Frankfurt bin. Obwohl ich dir gesagt habe, dass ich mit Freunden in die Berge fahre?«

Erwischt. Klar interessiert mich das auch. Es hängt ja schließlich mit der Frage nach Julia zusammen. Schlau, wie er der einen Frage aus dem Weg geht und die andere gleich selbst stellt.

Ich kann nur nicken. Zu sehr viel mehr reicht es nicht.

Max nimmt einen Schluck, leckt sich den Milchbart von der Oberlippe. Früher hätte ich ihm den Schaum weggeküsst. Aber das ist jetzt fast undenkbar.

»Ich war schon unterwegs in die Alpen«, sagt Max. »Da haben mich deine Eltern angerufen, völlig panisch. Weil du weg bist.«

Ich höre still zu. Mein schlechtes Gewissen regt sich. Panische Eltern. Die verzweifelt meinen Freund um Hilfe bitten. Das kann ich mir gut vorstellen.

»Ich konnte dich nicht erreichen«, ergänzt Max mit einem leichten Vorwurf in der Stimme. »Ich habe eine SMS nach der anderen geschickt, mehrmals auf die Mailbox gesprochen. Und einmal hat jemand abgenommen und ›Hallo‹ gesagt, aber das warst nicht du. Es war ein fremder Mann.«

Bonzo.

Max beugt sich vor und sieht mir sehr tief in die Augen.

»Lara, was sollte ich da denken?«

Ich weiche seinem Blick aus. Nicht, weil ich etwas zu verbergen hätte. Ich habe nichts Schlimmes getan. Aber je länger ich mit einer Antwort warte, je unsicherer ich hier sitze und Max nicht ansehe, desto mehr wird es so erscheinen.

»Ich habe mein Handy aus Versehen bei Bonzo liegen lassen.«

»Bei Bonzo in der Wohnung?«

Seine Stimme trieft vor Hohn.

»Auf der Parkbank.«

Ich versuche, sachlich und klar zu bleiben.

»Du triffst dich mit Bonzo, gibst ihm dein Handy und verschwindest.«

»Bist du taub? Es war ein Versehen!«

Ich werde laut. Menschen vom Nebentisch sehen zu uns herüber. Max bemerkt es, sieht mich ernst an, fast strafend, finde ich.

Früher hat er das gemocht, wenn ich mich wenig um die anderen Leute scherte. Wenn ich sehr gute Laune hatte, habe ich laut gelacht, auch laut geredet, ich habe ihn immer und überall geküsst. Er sagte, er könne das nicht, er habe immer im Hinterkopf, was die anderen Menschen denken und sagen. Es sei für ihn wie eine Befreiung, wenn mir das egal sei. Jetzt ist es ihm nur peinlich, dass ich laut bin. Aber mir ist es egal, weil ich gerade vollkommen die Kontrolle über diese Situation verliere. Dabei wollte ich doch cool bleiben.

Max setzt sich neben mich. Wir können nun leiser sprechen.

»Erzähl mir bitte, warum du von zu Hause weg bist.«

Ich überlege gar nicht, ob ich Max vertrauen kann. Selbst wenn im Moment einiges durcheinander ist, wir sind ein Paar, er war für mich da, als Simon verschwunden ist. Dass er selbst irgendwann so sehr unter der Situation zu leiden begann, kann ich verstehen. Meine Eltern sind abgedreht, ich bin völlig durch den Wind, wieso sollte er da normal bleiben? Halt: Ich denke schon wieder zu viel aus seiner Perspektive. Wo ist meine?

»Simon hat was mit Drogen zu tun«, sage ich leise.

»Wie kommst du darauf?«, fragt er zögernd.

»Wir haben Sachen auf dem Speicher gefunden.«

Max schweigt einen Moment. Dann räuspert er sich.

»Was für Sachen?«

»Haschisch, Speed, Pillen.«

»Du kennst dich ja schon gut aus.«

»Ich hab's mir erklären lassen.«

»Was sagen deine Eltern dazu?«

»Sie wissen nichts davon.«

»Aber du hast doch gesagt, ihr hättet …«

»Bonzo und ich.«

Max rückt ein kleines Stück weg und sieht mich irritiert an.

»Ich höre immer nur Bonzo.«

»Ich wünschte, ich könnte so oft ›Max‹ sagen wie ich ›Bonzo‹ sage.«

Wieder sind wir einen Moment still. Max bestellt sich ein Sandwich, fragt mich, ob ich auch etwas essen will. Ich nicke, nehme eine Suppe.

»Ich lade dich natürlich ein«, sagt Max.

»Verdienst du mit Nachhilfe so viel?«, frage ich und hefte meinen Blick unwillkürlich auf seine schicken Klamotten.

Max wirkt für einen kurzen Augenblick irritiert, dann aber hat er sich wieder im Griff.

»Ich würde gerne ein bisschen weiter ausholen.«

Ich nicke, Max beginnt seine Geschichte.

»Ich war in den letzten Wochen öfter in Frankfurt. Ich habe mich an der Uni immatrikuliert, mich ein bisschen umgesehen, Studienberatung, Seminare, Vorlesungen, Einführungen und so weiter. Ich habe nach einer Wohnung gesucht. Sie sollte nicht allzu klein sein, ich dachte ja, du würdest mich öfter besuchen, auch am Wochenende.«

Er hat mich mit eingeplant. Das fühlt sich gut an. Tut zugleich weh. Denn ich habe plötzlich das Gefühl, ich mache gerade alles kaputt.

»Am Schwarzen Brett der Uni hingen einige Jobangebote. Wenn ich in Frankfurt wohne, wieso sollte ich noch anderswo für einen Hungerlohn Nachhilfe geben? Ich habe mich bei drei Firmen vorgestellt – und eine hat mich genommen. Baustoffhandel. Zweimal die Woche einen halben Tag. Bestellungen bearbeiten. Deutlich mehr Geld als bisher.«

»Hast du dort schon angefangen?«

»Nein, wieso?«

Wieder sehe ich auf seine Kleidung.

»Ich habe von meinem Patenonkel vor Kurzem tausend Euro zum Studienbeginn bekommen«, sagt er. »Ich habe dir nichts erzählt, weil es mir nicht wichtig erschien. Und ich habe mich neu eingekleidet, weil ich ja schlecht in gammeliger Jeans und T-Shirt zum Vorstellungsgespräch gehen konnte.«

Das kann ich sogar verstehen. Und Hemd und Sakko stehen ihm.

Zum ersten Mal, seit wir hier sitzen, lächelt er mich von der Seite an.

»Noch Fragen?«

Was ist mit Julia, möchte ich aus mir hinausschreien, aber ich wage es nicht. Doch er sieht mir an, was ich denke.

»Julia?«

Ich nicke.

»Wir waren im Gymnasium in einer Klasse, bis sie die Schule abgebrochen hat und nach Frankfurt gegangen ist. Ich mochte sie schon immer. Sie ist nett, unkompliziert, lebt gerne, lacht gerne …«

Anders als ich im Moment. Seit Monaten.

»Ich war in Frankfurt. Abends ging's mir nicht gut. Ich hab dich gesucht, ich konnte dich nicht erreichen. Auch deshalb habe ich mich bei ihr gemeldet.«

»Und – hat sie gesagt, dass ich da bin?«

Er schüttelt den Kopf.

Ich bin mir nicht sicher, ob das alles so stimmt. Soll ich Julia fragen? Aber die ist nach der SMS-Aktion bestimmt sauer auf mich. Außerdem: Als ich sie nach einem Freund fragte, hat sie klargemacht, dass sie im Moment solo ist – sonst würde sie mich nicht bei sich übernachten lassen.

»Wenn das mit Bonzo und dir so harmlos ist, wieso sollte das mit Julia und mir anders sein?«

Gutes Argument. Ich kann nicht widersprechen.

Max legt den Arm um mich.

»Ich war wenig für dich da die letzten zwei Wochen«, sagt er leise. »Das tut mir echt leid. Aber manchmal ist die Situation bei euch schwer zu ertragen.«

»Ich weiß.«

»Ich will nicht, dass die Sache mit Simon unsere Beziehung kaputt macht.«

Ich lehne mich zurück, an seinen Arm. Es fühlt sich gut an. Ich bin nicht mehr so allein.

Wir genießen die neu gefundene Nähe. Wir essen, trinken Wein, reden über uns. Nicht über Simon, nicht über meine Eltern, nicht über die Schule, das Studium, die Arbeit, die Probleme. Keine Julia, kein Bonzo. Nur wir beide. Das haben wir nicht mehr getan, seit Simon verschwunden ist.

Max hält meine Hand. Unter dem Tisch verschränken sich unsere Beine.

Wir sind glücklich, weil wir uns wiederhaben.

Ich bin glücklich, weil ich Max nicht verloren habe.

»Du wohnst bei Julia?«

Ich nicke: »Und du?«

Max zögert einen Moment.

»Ich habe schon eine Wohnung. Hätte ich dir gerne gezeigt, bevor ich den Mietvertrag unterschreibe, aber ich hab dich nicht erreicht.«

»Eine richtige Wohnung?«

Er nickt: »Leider ist bisher nur die eingebaute Kochnische und eine Matratze drin.«

»Das genügt.«

Wir haben uns verändert in den letzten Wochen. Das spüre ich, als ich neben Max liege. Wir sind uns vertraut und zugleich ein bisschen fremd. Es ist mehr Leidenschaft in dieser Nacht, aber weniger Wärme und Nähe. Wir reden nicht miteinander. Als gäbe es nichts zu sagen. Dabei sind noch so viele Fragen offen, so viele Probleme zu klären. Es ist, als würden sie alle nicht zählen.

Die Sonne geht schon auf, als ich einschlafe. Ich träume nicht von Max. Ich träume von Bonzo. Er ist über und über tätowiert, mit noch mehr Eisen behangen als bisher, ich erkenne ihn kaum wieder. Er bietet mir Drogen an, ich könne alles haben, sagt er. Es würde mir dann besser gehen. Ich sehe Leute herumliegen. Haben sie Drogen genommen? Sind sie tot? Was geht hier überhaupt vor? Ich traue Bonzo nicht über den Weg in meinem Traum.

Doch dann kommt er auf mich zu. Die Tätowierungen sind weg und die Piercings auch. Er trägt eine teure Jeans, Hemd und Sakko, so wie Max im wirklichen Leben. Bonzo lächelt mich im Traum zärtlich an, nimmt mich in den Arm. Es fühlt sich gut an. Ich spüre, dass er mich liebt. Ich liebe ihn auch in diesem Moment. Ich weiß: Wir werden es nicht leicht miteinander haben, aber mit ihm will ich leben. Ich spüre seinen Kuss, ich spüre, wie er mir den Arm um die Hüfte legt.

Ich wache gegen Mittag auf. Max küsst mich. Max legt mir den Arm um die Hüfte. Früher hat er mich oft gefragt, ob ich etwas Schönes geträumt habe. Ich bin froh, dass er heute nicht fragt.

Wir gehen ins Café, denn Max hat zwar eine kleine Kaffeemaschine in seiner Kochnische, auch Kaffeepulver, aber keine Milch im Kühlschrank. Max hält meine Hand, wir sehen uns in die Augen, aber ich fühle mich nicht richtig glücklich. Es ist nicht wie früher. Da hätten wir geredet:

Stell dir vor, als ich gestern …

Weißt du eigentlich, dass …

Ich habe in der Zeitung gelesen …

Alles war interessant, wenn es von Max kam.

Er wollte alles wissen, was mich beschäftigte.

Jetzt sind wir stumm.

Dabei gibt es noch so viele Fragen. Doch sie werden immer schwerer, je länger wir damit warten. Wir? Ich kann nicht für Max sprechen. Nur für mich. Ich möchte Max nach Gringo fragen. Aber ich traue mich nicht. Wie wird er reagieren? Mache ich alles wieder kaputt?

»Was ist los?«, fragt Max.

So weit haben wir uns also doch nicht voneinander entfernt. Er merkt noch, wenn etwas mit mir nicht stimmt.

Ich erzähle der Reihe nach. Meine Ankunft in Frankfurt, meine Recherchen an den Schulen, der Tipp mit der Party, dass ich ihn dort gesehen habe – mit Gringo.

»Du kennst Gringo?«, fragt mich Max irritiert.

Eigentlich wollte ich ihn fragen, woher er ihn kennt.

»Ich habe einfach rumgefragt, mit wem du da redest.«

Ich sage nicht, dass ich Bonzo gefragt habe. Denn ich habe Angst, Max könnte eifersüchtig werden.

Max nickt. Meine Antwort erscheint ihm offenbar logisch.

»Und woher kennst du diesen Gringo?«

Ich versuche, meine Frage so beiläufig wie möglich klingen zu lassen. Dabei konzentriere ich mich ganz auf mein Croissant, nur um Max nicht ansehen zu müssen.

Max sagt einen Moment nichts. Dann legt er seine Hand auf meinen Arm, streichelt mich.

»Ich habe mich auch ein bisschen umgehört, seit ich in Frankfurt bin«, antwortet er.

Überrascht sehe ich ihn an.

»Meinst du wirklich, ich interessiere mich nicht mehr dafür, was mit Simon los ist? Natürlich habe ich die Zeit hier auch genutzt, um nachzuforschen.«

»Dann musst du doch gewusst haben, dass Simon etwas mit Drogen zu tun hatte.«

Max nimmt meine Hand und lächelt schief.

»So weit war ich mit meinen Recherchen noch nicht«, gesteht er zögernd. »Ich hatte diesen Gringo auf der Party gerade erst kennengelernt. Ich wollte ihn ausfragen, aber das hat nicht so gut geklappt, wie ich mir das vorgestellt habe.«

»Ich hab auch keine Ahnung, wie man einen Dealer aushorcht«, sage ich tröstend.

Dann lachen wir beide. Es ist wie eine Befreiung.

Wir verbringen den ganzen Nachmittag bei Max. Abends ist er mit dem Vermieter verabredet, sie müssen noch einiges klären. Er gibt mir einen Schlüssel für seine Wohnung, ich ihm meine neue Handynummer. Wir verabschieden uns liebevoll. Bis später. Wir haben viel nachzuholen. Wir haben es uns die letzten Wochen wirklich schwer gemacht.

Ich beschließe, meine Sachen bei Julia zu holen und zu Max zu ziehen. Julia ist sowieso nicht gut auf mich zu sprechen. Außerdem sieht sie dann, wer wirklich zu Max gehört. Meine Eltern wird es auch beruhigen, wenn ich bei ihm bin.

Ich hoffe, dass sie Dienst hat. Aber leider habe ich Pech. Julia ist zu Hause und nicht allein. Bonzo ist da.

16. Kapitel

Bonzo hat jetzt nicht nur Tattoos und Piercings, sondern auch einige rote Kratzer und bläulich schimmernde Flecken. Die Haut über einer Augenbraue ist aufgeplatzt, die Umgebung des anderen Auges verfärbt sich quasi minütlich, am Ohr ist ein Piercing fast abgerissen, das Ohr blutet stark. Den Kiefer zu bewegen fällt ihm offenbar schwer, wenn er aufsteht, beißt er sich auf die Lippen vor Schmerz und fasst sich in die Rippengegend. Das ganze Gesicht ist verschmiert, auch das T-Shirt hat einiges abbekommen. Offenbar hatte Bonzo Nasenbluten, zumindest führt die Spur, die man zurückverfolgen kann, dorthin.

Julia tupft ihm gerade das Ohr sauber, als ich komme. Dass er aufstehen will, verhindert sie mit sanftem Druck auf seine Schulter.

»Wir sind noch nicht fertig, Bonzo.«

»Ich muss pissen«, brummt Bonzo. »Der Tritt in die Niere hat offenbar den Durchlauf beschleunigt.«

Jetzt fasst er sich an den Rücken und hinkt in Richtung Nasszelle.

Bislang habe ich fassungslos auf diese Szene gestarrt. Endlich finde ich meine Sprache wieder.

»Was ist passiert?«

»Nach was sieht's denn aus?«, fragt Julia zurück.

»Begegnung der dritten Art!«

Bonzo hat die Tür zur Toilette offen gelassen. Während es lebhaft plätschert, holt Julia aus ihrem Verbandsköfferchen Pflaster und Schere.

»Wer hat ihn denn so zugerichtet?«

»Frag ihn selbst. Den Kiefer haben sie ihm ja nicht gebrochen, quatschen kann er noch.«

»Dein Mitgefühl rührt mich zu Tränen!«, kommt es aus der Toilette.

»Sei froh, dass ich dich reingelassen habe«, kontert Julia und wirft einen skeptischen Blick auf ihren Teppichboden, ob der nicht ein paar Blutflecken abbekommen hat.

Bonzo kommt gerade aus der Nasszelle. Er ist noch nicht fertig angezogen, lässt uns daran teilhaben, wie er seine Hose zuknöpft.

»Und wasch dir das Blut aus dem Gesicht«, mault Julia. »Man findet ja kaum die Platzwunden in diesem Chaos.«

»Es muss ein Vergnügen sein, auf deiner Station zu liegen«, grinst Bonzo. »Vor allem, wenn du Urlaub hast.«

Dann verschwindet er wieder in der Nasszelle. Wir hören Wasser rauschen. Plötzlich fällt Julia etwas ein.

»Nimm bloß nicht mein Handtuch!«

»Zu spät!«, kommt es zurück.

Julia faucht wütend. Bonzo kommt heraus und grinst.

»Keine Sorge, ich habe mein T-Shirt genommen.«

Tatsächlich ist es patschnass. Aber sein Gesicht ist etwas sauberer.

»Noch mehr Dreck in den Wunden«, brummt Julia und deutet auf den Stuhl.

»Darf ich jetzt mal wissen, was hier los ist?«, frage ich ungeduldig.

»Ich war's nicht«, meint Julia. »Er sah schon so aus, als er kam.«

»Kleine Diskussion unter Freunden«, erklärt Bonzo und verzieht das Gesicht, weil Julia gerade seine Augenbraue verarztet.

»Gringo?«

Bonzo schüttelt den Kopf, was Julia wiederum verärgert.

»Stillhalten, sonst werden wir nie fertig! Und je schneller du verpflastert bist, desto schneller bin ich dich auch wieder los.«

»So sieht sie aus, die Gesundheitsreform«, seufzt Bonzo und zwinkert mir zu. »Immer der Mensch im Mittelpunkt.«

Ich kann seine gute Laune nicht nachvollziehen. Wenn ich so aussähe, ich würde mich für Tage, wenn nicht für Wochen von der Welt zurückziehen und nur noch an das Schlechte im Menschen glauben.

»Wer dann?«, frage ich nach, denn nun würde ich gerne mal was erfahren.

»Wärst du nicht untergetaucht, hättest du vielleicht live dabei sein können.«

»Ich hatte was zu erledigen«, sage ich ausweichend.

»Du hast dich mit Max getroffen.«

»Wie kommst du darauf?«

»Au!«, ruft Bonzo, denn offenbar hat Julia in diesem Moment etwas zu fest hingefasst. »Ich hab mir überlegt: Wo könnte Lara sein, wenn sie eigentlich nach ihrem Bruder suchen will, aber auf einmal nicht mehr erreichbar ist?«

Bonzos Stimme trieft vor Sarkasmus.

»Dann fiel mir ein: Da war doch dieser tolle Typ, der alles richtig macht, den alle Frauen lieben ...«

»Hör auf!«

»Weißt du jetzt, warum du ihm seit Tagen scheißegal bist? Hat er dir das erklärt?«

»Er sucht auch nach Simon.«

»Wirklich? Da bin ich aber froh.«

Ich bin stinksauer. Wie redet er mit mir? Und dann auch noch vor Julia. Ich sehe sie immer wieder an, aber an ihrer Mimik kann ich nicht erkennen, was in ihr vorgeht. Bonzo macht das direkter.

»Du kennst doch auch diesen herrlichen Max, oder?«

»Wenn du Max Hartmann meinst: Mit dem war ich in einer Klasse.«

»Warum hast du dir diesen wunderbaren Mann entgehen lassen?«

Julia sagt gar nichts. Sie sieht prüfend auf Bonzos Gesicht.

»Fertig.«

»Darf ich mich im Spiegel ansehen?«

»Auf alle Fälle bist du schöner als zuvor.«

»Danke, Frau Doktor.«

»Eigentlich sollte ich dir eine Rechnung schreiben.«

»Ich werde mich bei Gelegenheit erkenntlich zeigen.«

»Bloß nicht. Verschwinde.«

Bonzo steht auf. Klopft die Taschen seiner versifften Jeans ab, ob noch alles da ist. Dann nickt er mir zu.

»Gehen wir.«

»Wohin?«

»Hast du doch gehört: raus hier.«

Ich zögere einen Moment. Würde gerne mit Julia reden. Aber die steht da, die Arme verschränkt, mit abweisendem Blick, der nicht nur Bonzo trifft, sondern auch mich. Bonzo bleibt ungerührt, mich aber verunsichert die Kälte in ihren Augen.

»Ich nehme am besten auch gleich meine Sachen mit«, sage ich zu Julia und greife nach meinem Rucksack.

»Du ziehst jetzt doch zu deinem Onkel?«, fragt Julia, aber es klingt ironisch. »Ist er denn wieder da?«

Ich tue so, als hätte ich diese Frage überhört.

»Danke für alles«, sage ich und ziehe die Tür hinter uns zu. Onkel Sebastian sollte ich auch mal anrufen. Oder Mum und Dad. Oder ... Ach, egal. Später, wenn ich bei Max bin.

»Was hat Julia mit Max?«, fragt Bonzo, als wir vor dem Schwesternheim stehen.

»Hast du doch gehört: Sie kennen sich von früher. Und er hat sie wieder angerufen, als er mich hier gesucht hat.«

»Sagt Max?«

Ich nicke.

»Julias Gesicht sagt was anderes.«

»Ach ja?«

»Ich war zentimeternah dran, Lara. Die kennen sich besser und sie ist scharf auf ihn.«

»Er nicht auf sie.«

»Dafür würde ich meinen Kopf nicht hinhalten.«

Ich sehe mir diesen Kopf an, den er ja offenbar doch für irgendetwas hingehalten hat.

»Blöder Spruch«, sagt Bonzo und wir lachen.

Wir kommen an einer türkischen Imbissbude vorbei.

»Spendierst du mir einen Döner?«, fragt Bonzo.

Ich nicke und wir suchen uns ein ruhiges Eck in der Kneipe, wo wir reden können.

Bonzos Stimme klingt höhnisch.

»Max, der knallharte Ermittler. Wollte ja eigentlich mit Freunden wegfahren und seine Liebste hängen lassen. Überlegt sich's aber dann anders und recherchiert gnadenlos. Was erfährt er? Nichts!«

»Immerhin war er schon an Gringo dran.«

»An Julia aber auch.«

Ich bin kurz davor, ihm eine zu scheuern.

»Er lügt dich an. Merkst du das denn nicht?«

Ich will Bonzo nicht sagen, dass Max und ich jetzt glücklicher sind als jemals in der Zeit, seit Simon weg ist.

»Hör auf, ständig auf ihm rumzuhacken.«

»Ich liefere dir nur eine Anleitung zum klaren Denken.«

»Du kannst doch selbst vor lauter Eifersucht nicht mehr denken.«

Bonzo sagt nichts. Er kaut auf seinem Döner und sieht an mir vorbei. Offenbar habe ich einen Volltreffer gelandet.

»Bonzo …?«

»Lass es.«

»Ich hab doch nicht gewusst ...«

»Du hast gedacht, ich helfe dir, weil ich bei der Heilsarmee bin?«

»Weil wir Freunde sind, weil du mich magst, ja.«

»Egal.«

»Nicht egal.«

»Meine Sache.«

»Jetzt auch meine.«

Schweigen.

Bonzo holt sich noch einen Döner. Ich ärgere mich über mich selbst. Habe ich wirklich gedacht, Bonzo macht das, weil wir gute Freunde sind? Ich habe doch gewusst, dass er in mich verliebt ist. Ich wollte es nur nicht wahrhaben, weil ich sonst irgendwie hätte reagieren müssen.

Bonzo setzt sich und beginnt, seinen zweiten Döner zu essen. Etwas langsamer als den ersten, der Hunger lässt nach. Er weicht meinem Blick aus. Mit einem Auge. Das andere ist inzwischen fast zugeschwollen.

»Was machen wir jetzt?«, frage ich.

Es klingt blöd. Aber irgendetwas muss schließlich passieren.

»Wir finden jetzt erst mal Simon.«

»Aber wenn die Sache zwischen uns ungeklärt ist ...«

»Mach jetzt kein Psychodrama draus.«

»Wir sollten wenigstens darüber reden.«

»Bloß nicht.«

»Aber wenn du in mich verliebt bist …«

Ich spreche es aus. Bonzo lässt seinen Döner sinken und sieht mich ernst an.

»Und wenn ich dich lieb habe, was geht's dich an?«

Ich starre ihn mit großen Augen an. Das ist doch nicht von Bonzo!

»Goethe«, grinst der. »Gut, oder?«

Ich wechsle das Thema, indem ich auf Bonzos geschwollenes Gesicht deute.

»Dein Freund Gringo hat aber eine komische Art, dir seine Sympathie zu beweisen.«

»Das hätte er nie getan.«

»Wer war's dann?«

»Ich bin gar nicht bis zu Gringo gekommen«, gibt Bonzo kleinlaut zu. »Er hat neues Personal. Die kennen mich nicht und sie haben mich schon vorher abgefangen. Als ich ein bisschen aufdringlich wurde, haben sie verschiedene Kampfsportarten an mir ausprobiert.«

Jetzt verstehe ich. Der große Bonzo ist schon gescheitert, bevor er dem großen Gringo überhaupt gegenübertreten konnte. Kleine, gemeine Schläger haben ihn abgefangen. Es ist ihm peinlich. Deshalb macht er ständig Witze darüber.

»Die anderen haben bestimmt auch eine Menge abbekommen«, sage ich. Bonzo nickt schnell.

»Die sehen nicht besser aus.«

Wir gucken uns einen Moment an, dann grinst er schief.

»Also gut. Es waren drei. Keiner hat auch nur eine Schramme. Ich hab das Maul zu weit aufgerissen, sie haben's mir gestopft, ich war der Provinzdepp, der nicht einfach so zum Zampano darf.«

»Würde Gringo mit dir reden, wenn du bis zu ihm durchkommst?«

»Bis gestern hätte ich gesagt: Ja. Heute bin ich mir da nicht mehr so sicher.«

»Also sind wir nicht viel weiter als vorher.«

»Dein Max ist doch dran.«

Ich werfe ihm einen vernichtenden Blick zu. Bonzo erwidert ihn mit seinem charmantesten Lächeln. Verzieht aber dann das Gesicht.

»Lächeln tut weh?«, frage ich und es klingt ein wenig schadenfroh.

»Alles tut weh.«

Wir schweigen.

»Und jetzt?«, sage ich leise.

»Hörst du mir noch einen Moment zu.«

»Schieß los.«

»Bevor ich zu Gringo gegangen bin, habe ich mit einigen anderen Kumpels geredet. Sie sagen, Simon war noch nicht lange im Geschäft.«

Klingt, als hätte mein Bruder einen Lebensmittelladen gehabt.

»Hat es von einem anderen Schüler übernommen.«

»Aber von wem?«

»Woher soll ich das wissen? Ist doch deine Schule, oder?«

Die ich gerade schwänze.

»Warum hat der andere Schüler das abgegeben?«

»Entweder ist ihm die Sache zu heiß geworden oder er ist von der Schule weggegangen.«

Ich nicke. Noch kann ich Bonzo folgen.

»Dann hat der kleine Simon das gemacht und viele Abnehmer haben gedacht: Hey, da probieren wir doch mal, ob wir das Zeug nicht billiger bekommen!«

»Sie haben ihn erpresst?«

»Sagen wir mal so: Sie wollten ein Sonderangebot.«

»Und als Simon nicht darauf eingegangen ist, haben sie ihn verprügelt.«

Bonzo nickt: »Vermutlich haben sie ihm auch Stoff abgenommen. Das heißt: Er konnte seine Schulden bei Gringo nicht zahlen.«

»Warum geht er dann nach Frankfurt? Wenn hier sein Händler sitzt ...«

Bonzo zuckt die Schultern.

Ich überlege: »Alles fast genau so, wie wir es vermutet haben, als diese Spuren im Abbruchhaus aufgetaucht sind. Bevor ich nach Frankfurt gegangen bin.«

Bonzo nickt. Ich sehe ihn skeptisch an.

»Mehr wissen deine Kumpel nicht?«

»Tut mir leid, wenn's dir nicht reicht.«

Bonzo weicht meinem Blick aus.

»Du verschweigst mir doch was.«

Kopfschütteln.

»Ist Simon in Gefahr?«

Schulterzucken.

»Bonzo, wenn du mehr weißt, dann sag's mir!«

Er sieht mich mit traurigen Augen an.

Ich gebe auf. Vielleicht wollte er mir nur noch eine Liebeserklärung machen. Darauf kann ich jetzt verzichten.

Es geht auf Mitternacht zu. Ich werde nervös, möchte zu Max. Ich habe Sehnsucht nach ihm. Will in seinem Arm einschlafen. Wie früher. Jetzt, wo wir uns wieder nahe sind.

Der Mann im Imbiss sieht auch schon auf die Uhr.

»Der möchte zumachen«, sage ich.

»Du willst gehen«, korrigiert mich Bonzo.

Ich werde rot.

»Du pennst bei Max?«

Ich schweige.

»Was geht's mich an?«, seufzt Bonzo.

Ich zahle und wir gehen. Auf der Straße will ich mich von ihm verabschieden, aber er schüttelt den Kopf.

»Ich bringe dich noch bis zur Tür. Nachts allein in Frankfurt, das muss nicht sein.«

Ich zögere einen Moment. Dann weiß er, wo Max wohnt. Ob Max das recht ist? Andererseits bin ich froh, wenn ich nicht alleine gehen muss.

Nur wenige Leute sind unterwegs, denn es hat leicht zu regnen begonnen. Kühl ist es auch. Ich ziehe meine Jacke fester um mich. Denke an zu Hause. An meine Eltern. An Simon.

»Ich habe heute früh mit deiner Mutter telefoniert.«

»Wie bitte?«

Bonzo sagt das ganz gleichmütig, ich bekomme fast einen Herzanfall.

»Sie hat die alte Nummer angerufen, weil du bei deinem neuen Handy auch nicht rangehst.«

»Ich will nicht mit ihr reden.«

Bonzo nickt: »Deshalb hab ich ihr gesagt, dass es dir gut geht und wir Simon bestimmt bald finden.«

»Hat sie nicht geheult und verlangt, dass ich sofort zurückkomme?«

»Da hab ich aufgelegt. Übrigens soll ich dich auch von der Kommissarin grüßen. Die ruft auch manchmal an.«

»Du weißt, dass sie das Handy orten kann.«

Ich komme mir superschlau vor.

»Du bist fast volljährig, nicht in Gefahr und nicht kriminell, warum sollten sie dich suchen?«

Stimmt.

Bonzo stupst mich an.

»Hast du gedacht, du bist so wichtig?«

»Blödmann.«

Wir stehen vor dem vierstöckigen Kasten. Weiße Fassade, von der Straßenlampe angeleuchtet. Kleine Balkone, keiner bepflanzt. Ein paar Satellitenschüsseln vor den Fenstern oder auf den Balkonen. Fast alle Jalousien zu. Ich zähle drei Fenster hoch, vier Fenster von der Ecke nach rechts. Das müsste Max' Fenster sein. Es ist dunkel.

»Ist er da?«

»Keine Ahnung.«

»Du hast einen Schlüssel.«

Ich antworte nicht. Ganz kurz und schnell nehme ich Bonzo in den Arm.

»Danke. Für alles.«

»Schlaf gut. Träum was Schönes.«

Da fällt mir wieder ein, dass ich letzte Nacht von Bonzo geträumt habe.

17. Kapitel

Ich bin allein in Max' Wohnung. Ohne ihn fühle ich mich hier ziemlich verlassen. Ich sehe aus dem Fenster. Ein ähnliches Haus gegenüber. Ich lasse die Jalousie herunter, gehe ins Bad, wasche mich flüchtig, schicke eine SMS an Max.

»Bin in deiner Wohnung. Wo bist du?«

»Habe eine Spur. Melde mich.«

Gerade noch todmüde, bin ich plötzlich elektrisiert. Max hat eine Spur! Warum hat er das nicht früher gesagt?

»Wo bist du? Ich komme.«

»Geht nicht.«

Ich rufe ihn an – Mailbox. Ich schicke noch mindestens fünf SMS, aber bekomme keine Antwort mehr.

Ich werde von Minute zu Minute unruhiger. Ich habe Angst um Max. Was soll ich tun? Ich sitze auf seiner Matratze und stelle mir vor, wo er sein könnte, was er macht, wie es ihm geht. Ist er in Gefahr?

Ich versuche, mich abzulenken. Alles geht mir durch den Kopf. Alles von dem Tag an, an dem Simon verschwunden ist.

Meine Eltern, erst einig im Schmerz, dann verbittert und deprimiert, jeder für sich.

Meine Freunde, erst mitfühlend, dann alle wieder in der Clique – ohne mich.

Nur Annika war für mich da.

Simons Freunde, alle so rätselhaft feindselig.

Die Polizei, besonders die nette Kommissarin, die wahrscheinlich ziemlich sauer auf mich ist wegen meiner Alleingänge.

Bonzo, der auf einmal aufgetaucht ist.

Wie ein Film ziehen die Wochen an mir vorüber.

Bis zu jenem Tag, als ich abgehauen bin.

Suche ich noch Simon?

Manchmal habe ich den Eindruck, dass ich mein Ziel aus den Augen verloren habe. Manchmal suche ich eher Max.

Offenbar bin ich dann doch eingeschlafen. Mein Handy weckt mich.

»Max?«

»Leider nur Bonzo.«

»Hast du Simon?«

»Das nicht, aber ich hab neue Informationen.«

»Erzähl!«

»Pack deine Sachen und komm runter.«

Ich sehe raus. Noch ist es dunkel. Vier Uhr morgens in Frankfurt. Mich fröstelt, wenn ich an draußen denke.

»Wo willst du hin?«

»Erzähle ich dir gleich.«

Bonzo hat Brötchen besorgt. Natürlich nicht gekauft. Es stand eine Kiste vor einer Bäckerei.

»Belegte gab's leider nicht. Und fertigen Kaffee auch nicht.«

Ich finde das nicht witzig. Esse aber doch.

Mit vollem Mund erzählt mir Bonzo, was er von einem Bekannten erfahren hat.

Simon hatte tatsächlich Ärger mit Kunden. Dann auch mit Gringo, weil er seine Ware nicht bezahlen konnte.

»Doch Gringo hat ihm eine Chance gegeben: Er sollte seine Schulden hier in Frankfurt abarbeiten.«

»Wieder Schulen beliefern und so?«

Bonzo nickt: »Aber gestern ist Simon mit einer Tüte Pillen verschwunden.«

»Warum sollte er das tun?«

»Vielleicht will er auch mal was verdienen, wenn er schon den Kopf hinhält?«

»So ist Simon nicht«, sage ich und weiß selbst, wie lächerlich das klingt. Als hätte ich noch eine Ahnung, was in Simon vorgeht.

Dann aber wird mir schlagartig klar: Simon ist jetzt wirklich in Gefahr!

»Gringos Leute werden ihn so zurichten wie dich, wenn sie ihn erwischen.«

Bonzo sagt nichts. Er weicht meinem ängstlichen Blick aus.

»Oder?«

Schweigen.

»Was ist, Bonzo?«

»Ich hoffe, er ist schon weg aus Frankfurt.«

»Und wenn nicht?«

Bonzo schüttelt den Kopf.

»Sag schon, und wenn er noch da ist?«

»Dann müssen wir ihn finden, Lara.«

Nie habe ich Bonzo so ernst erlebt.

Gemeinsam überlegen wir, wo Simon sein könnte.

»Hast du nicht was von einem Onkel hier gesagt?«

Ich rufe Onkel Sebastian an. Obwohl ich ihn für einen Verräter halte, weil er Mum meine neue Handynummer gegeben hat. Ich versuche, harmlos und nett zu klingen, meine Sorge zu verbergen. Vielleicht mal was von Simon gehört? Hat er nicht. Als er mir zureden will, zu Hause anzurufen, lege ich auf.

Wir starren auf den Stadtplan, Bonzo und ich.

»Wo würde Gringo anfangen zu suchen?«

Bonzo schweigt.

»Hallo – ich rede mit dir.«

»Simon, wenn du noch da bist, verschwinde von hier«, sagt er leise vor sich hin – es klingt wie eine Beschwörung.

»Du machst mir Angst«, fauche ich ihn an.

Bonzo überlegt noch einen Moment, dann zieht er mein Handy aus der Tasche.

»Ich ruf die Polizei an. Das ist sicherer.«

»Spinnst du? Mein Bruder hat was angestellt.«

Bonzo zögert, sieht meinen bittenden Blick. Dann nickt er.

»Also gut. Wir suchen 24 Stunden intensiv. Wenn wir bis morgen früh nichts haben, gehe ich zur Polizei.«

»Ich gebe Max noch Bescheid.«

»Nein.«

»Doch.«

Bonzo sagt nichts mehr.

Ich spreche Max auf die Mailbox. Simon ist in Gefahr. Wir suchen ihn. Bitte melde dich. Hilf uns.

Frankfurt in 24 Stunden. Ein touristischer Trip ist es nicht. Bonzo und ich beginnen am Hauptbahnhof. Wenn Simon abgehauen ist, dann vermutlich von hier aus. Wir fragen Leute, ob sie ihn kennen, ob sie ihn gesehen haben. Leute an Verkaufsständen, Leute die einfach rumstehen. Nichts.

Dann ziehen Bonzo und ich los. Ich sehe nicht die schönsten Seiten der Stadt. Verfallene Wohnblocks, verkommene Spielplätze, Hochhäuser, die eben nicht so schick sind wie die in der Innenstadt – Käfige mit Menschen drin. Menschen, die wenig verdienen.

Menschen, die sich abschotten. Keiner weiß was vom anderen. An einem Hochhaus ein Dutzend Türschilder ohne Namen. Lauter leer stehende Wohnungen? Könnte Simon sich in einer von ihnen verstecken?

Es ist ein aussichtsloses Unterfangen. Wir tun es trotzdem. Vielleicht nur, um beschäftigt zu sein. Um uns nichts vorwerfen zu müssen.

Mit Max treffen wir uns gegen Mittag wieder am Hauptbahnhof. Er nimmt mich demonstrativ in den Arm und küsst mich liebevoll, Bonzo dreht sich derweil eine Zigarette.

»Können wir weiter?«, fragt Bonzo angenervt.

»Wie ist denn die Strategie?«

»Suchen, suchen, suchen.«

»Das ist mir zu billig.«

Bonzo schnaubt verächtlich.

»Da muss man gezielt vorgehen«, meint Max.

Bonzo verdreht die Augen.

»Ich weiß, dass du mich nicht leiden kannst«, sagt Max offensiv. »Aber hier geht es nicht um uns beide, nicht mal um Lara. Wir müssen Simon finden, und zwar so schnell wie möglich.«

»Wenn du das sagst.«

»Deshalb bilden wir ein Team – und unsere gegenseitige Antipathie sollten wir für diese Zeit hintanstellen.«

»Schön formuliert.«

Bonzos Sarkasmus geht mir auf die Nerven. Gemeinsam mit Max sehe ich in den Stadtplan, während Bonzo raucht und Löcher in die Luft starrt.

»Wir haben überlegt, ob Simon vielleicht in einem Abbruchhaus untergetaucht ist.«

»Wenn ich neu in einer Stadt wäre, würde ich wahrscheinlich erst mal in einem Park oder unter einer Brücke schlafen«, meint Max.

»Er ist nicht neu hier.« Bonzo klingt aggressiv.

»Wenn du ein leer stehendes Haus betrittst, hast du doch gleich die Nachbarn und dann die Polizei am Hals.«

»Es wäre das Beste, wenn die Bullen ihn aus dem Verkehr ziehen.«

Max mustert Bonzo spöttisch.

»Hey, du wirst doch nicht etwas Nettes über die Polizei sagen?«

»Ich hätte sie schon längst eingeschaltet.«

Max überlegt, dann schüttelt er den Kopf.

»Simon könnte eine Menge Ärger kriegen.«

»Siehst du, das habe ich auch gesagt.« Meine Stimme klingt triumphierend.

»Lieber Ärger mit der Polizei als Ärger mit Gringo.« Bonzo bleibt dabei.

»Meinst du nicht, dass du die Gefährlichkeit dieses Kerls ein bisschen übertreibst?«

Bonzo deutet schweigend auf sein blaues Auge, seine anderen Blessuren im Gesicht. Max lacht.

»Wenn er dir eins in die Fresse gibt, dann noch lange nicht Simon.«

Bonzo stürzt sich auf ihn, ich kann gerade noch dazwischengehen.

»Könnt ihr euch mal wie Erwachsene benehmen?«

»Aber immer doch.« Max legt den Arm um mich und mustert Bonzo spöttisch. Der kocht vor Wut, das sehe ich. Aber ich habe überhaupt keine Lust, den Friedensengel zu spielen.

»Also – wie machen wir weiter?«

»Jetzt mal ganz logisch«, meint Max und Bonzo verdreht schon wieder die Augen. »Wenn Simon wirklich Pillen verkaufen will, wo sucht er seine Kunden? An Schulen, Jugendtreffs und Fastfoodlokalen, da stehen genug Kids herum.«

Bonzo schnaubt verächtlich. »Simon weiß, dass er Mist gebaut hat und dass es jetzt kritisch wird. Er geht mit dem Zeug nicht hausieren. Entweder er ist schon weg aus Frankfurt, was ich hoffe. Oder er taucht unter.«

»Und wo?«

»Wir sollten alle Verstecke abklappern, die ich aus meiner Zeit hier kenne.«

»Mach mal«, sagt Max. »Für das Leben auf der Straße bist du ja der Experte.«

Bonzo mustert ihn kurz, dann dreht er sich um und geht.

»Hey, Bonzo, du wolltest uns doch helfen«, rufe ich ihm nach.

Er reagiert nicht und verschwindet in der Menschenmenge.

Max nimmt meine Hand. »Er kann eben nicht mit mir.«

»Und du nicht mit ihm.«

»Ich hab's versucht. Dir zuliebe – und wegen Simon. Aber du siehst ja, dass es keinen Sinn hat.«

Ich sehe Bonzo traurig nach. »Hoffentlich meldet er sich, wenn er etwas herausfindet.«

Max tröstet mich: »Wir brauchen ihn nicht. Ich glaube, wir kennen Simon besser.«

Wir wissen, dass wir das Unmögliche versuchen.

Simon finden in dieser Stadt, das ist absurd.

Alle reden von der berühmten Stecknadel im Heuhaufen. Doch eine Stecknadel bewegt sich nicht von selbst. Simon schon.

Wenn wir ihn bei der Alten Oper suchen oder die Taunusanlage abklappern, dann kann er ein paar Meter weiter sein, am Schiller-Denkmal oder am Main. Wenn wir ans Schiller-Denkmal kommen, kann er zum Heine-Denkmal gegangen sein, wir können ihn an der Hauptwache oder am Hauptbahnhof um Sekunden verpassen, können in der Kaiserstraße an ihm vorbeilaufen, ohne ihn zu sehen. Wir wissen auch nicht, ob er überhaupt von uns gefunden werden möchte. Das heißt: Selbst wenn wir zufällig am selben Ort wären wie er – was ist, wenn er sich vor uns versteckt?

Erst gehen wir zu Treffpunkten der Kids, aber dann quatschen wir fast jeden Jugendlichen an, den wir treffen. Zeigen Simons Foto. Allein war es eine Qual, das Bild rumzuzeigen, nach ihm zu fragen. Mit Max ist das anders. Die Kids nehmen ihn ernst, sie antworten normal, keine blöden Sprüche, keine Anmache. Wir haben schon mindestens hundert Leute gefragt, vielleicht auch zweihundert, noch mehr, ich weiß es nicht. Alle schütteln den Kopf. Keinem ist Simon aufgefallen. Keiner kann uns was sagen, was uns weiterhilft.

Einige Stunden machen wir das, dann setzen wir uns in ein Café, erschöpft, müde, frustriert.

»Das bringt nichts«, sage ich.

»Wir tun etwas und warten nicht nur. Allein das ist wichtig.«

Ich bin nicht dieser Meinung, aber ich möchte Max jetzt nicht widersprechen. Wir haben uns gerade erst wiedergefunden, auf Streit und Diskussion habe ich überhaupt keine Lust.

Mehrmals innerhalb kurzer Zeit sieht Max unruhig auf die Uhr.

»Ist irgendetwas?«, frage ich.

»Ich muss noch einmal weg – zu einem Termin.«

»Doch nicht jetzt!«

»Es geht um meinen neuen Job. Ich hab dir doch davon erzählt.«

Ich nicke. Max sieht mich bittend an.

»Kann ich dich alleine lassen?«

»Klar.«

»Ruh dich doch in meiner Wohnung ein bisschen aus«, schlägt er vor.

Verlockendes Angebot. Ich bin hundemüde. Alleine suchen ist grauenhaft. Es wird dunkel, es nieselt wieder.

»Später machen wir dann gemeinsam weiter. Oder morgen früh.«

Mir fällt etwas ein.

»Bonzo will die Polizei einschalten.«

Max lacht nur. »Der ist raus, sag ich dir. Von dem hörst du nichts mehr.«

»Er hat mir sehr geholfen. Die ganze Zeit, in der …«

… du nicht da warst, will ich sagen, aber ich verschlucke den Rest. Max versteht mich auch so.

»Ich weiß, dass ich noch mehr für dich hätte da sein müssen.«

Er streicht mir übers Haar.

»Aber manchmal ist auch mir die Kraft ausgegangen.«

Einen Moment sind wir still.

»Warum denkst du, dass Bonzo sich nicht mehr meldet?«

»Weil es ihm nicht um Simon geht, sondern um dich.«

Ich zucke zusammen, sehe Max fragend an. Der lächelt.

»Du hast doch sicher gemerkt, warum der Straßenköter hinter dir herläuft und dir den Experten der Drogenszene vorspielt.«

Max küsst mich, sieht mir in die Augen.

»Dann bis später – in unserer Wohnung.«

Ich liege auf Max' Bett. Ich atme seinen Geruch ein, ich vergrabe meinen Kopf in sein Kissen. Fast bin ich eingeschlafen, als mein Handy klingelt.

»Max?«

»Bonzo.«

»Du?«

Einen Moment Stille.

»Hast du gedacht, ich bin weg?«

»Es war so komisch, wie du gegangen bist …«

»Wo bist du?«

»In Max' Wohnung.«

»Und er?«

»Max hat noch einen Termin mit seinem neuen Arbeitgeber.«

Ich höre, wie Bonzo Luft ausstößt. Wahrscheinlich

raucht er, aber dieser knappe Laut klingt verächtlich, ironisch, abwertend.

»Kann ich kommen?«

Ich zögere. Max wäre es nicht recht. Aber ich will nicht mehr raus. Es ist kalt und dunkel draußen.

»Wie lange brauchst du?«

»Ich stehe vor der Tür.«

Bonzo kommt herein, geht zum Kühlschrank, macht auf, guckt rein. Ein kleines Lächeln auf seinem Gesicht, er nimmt ein Bier heraus, öffnet die Flasche mit seinem Feuerzeug. Setzt sich auf den Boden, trinkt einen kräftigen Schluck.

»Nimm dir auch eins.«

»Danke, dass du mir etwas aus Max' Kühlschrank anbietest, aber mir ist nicht danach«, sage ich spitz und merke selbst, wie zickig das klingt.

Bonzo scheint es nicht aufzufallen. Er wühlt in seinen Taschen, dann zieht er ein Handy heraus. Meins ist es nicht.

»Schickes Teil«, sage ich. Er nickt.

»Frisch geklaut?« Ich halte das für einen guten Witz. Aber Bonzo nickt.

»Es ist das Handy von Gringo.«

Ich starre ihn fassungslos an. Bonzo grinst.

»Ich hab dir doch gesagt: Die Kunst ist, an seinen Wachhunden vorbeizukommen. Gringo selbst war dann ganz umgänglich.«

»Du hast mit ihm gesprochen?«

Bonzo nickt und drückt auf den Tasten herum.

»Und ihm dann das Handy gestohlen?«

»Hab's mir nur ausgeliehen.«

Ich setze mich zu ihm auf den Boden. Bonzo geht gerade das Anrufprotokoll durch.

»Das ist Max' Nummer«, schreie ich plötzlich auf.

In der Liste taucht Max' Handynummer häufiger auf. Allein in den letzten drei Tagen sind es mindestens sieben Anrufe.

»Gringo ist eigentlich eher vorsichtig. Früher hat er jeden Tag alles von seinem Handy gelöscht. Aber anscheinend waren die letzten Tage zu stressig, deshalb ist ein bisschen mehr drauf.«

Wir hören die Mailbox ab.

Max spricht von Simon.

Entschuldigt sich, dass das alles ziemlich schiefgelaufen sei.

Verspricht, das wieder in Ordnung zu bringen.

Redet von neuen Möglichkeiten der Zusammenarbeit.

Ich zucke nur die Schultern, als ich das höre.

»Max kennt Gringo, das weiß ich doch. Er tut eben alles, um Simon zu finden.«

Bonzo schweigt. Spielt mir noch eine Nachricht vor, sie ist von gestern.

»Hör zu, Gringo. Die Schwester von unserem kleinen Dieb ist nahe dran. Ich kümmere mich um sie, mach dir keine Sorgen. Aber es wäre gut, wenn deine Leute endlich Simon schnappen würden. Übrigens: Sollte er meinen, dass ich seine Schulden übernehme, das kann er vergessen. Eine gute Nachricht gibt's auch: Ich habe einen neuen Händler für die Schule. Dann auf gute Geschäfte.«

Mein Herz spielt verrückt. Es schlägt nicht bis zum Hals, es hämmert in meinem Kopf.

Mir laufen nicht die Tränen aus den Augen, sie springen förmlich heraus.

Ich weine nicht, ich schreie. Ich schreie, so laut ich kann. Bonzo presst mir seine Hand auf den Mund, es ist ein hellhöriges Haus, ich klinge sicherlich, als würde mir Schlimmstes angetan.

Stimmt ja auch.

Ich dachte, meine schöne Welt sei schon in sich zusammengebrochen.

Aber es waren noch Reste da.

Sie schlagen über mir zusammen.

Ich weine lange an Bonzos Schulter.

Ich beschimpfe ihn. Behaupte, er hätte das alles gefaked.

Es sei nicht Max' Stimme, nicht Max' Anrufe.

Nicht Gringos Handy.

Er wolle Max bei mir schlechtmachen. Alles Lüge.

Bonzo hält das aus.

Er dreht sich eine Zigarette, raucht. Ich will es ihm verbieten. Immerhin ist es Max' Wohnung. Als ob das jetzt nicht egal wäre. Ich bitte ihn, mir auch eine zu geben. Ich nehme mir ein Bier. Ich will, dass mir schlecht wird. Im nüchternen Zustand ist das alles nicht zu ertragen.

Bonzo will die Polizei anrufen.

Aber ich bin immer noch dagegen.

»Ich will Simon schützen«, sage ich.

»Du gefährdest ihn«, antwortet Bonzo.

Die nächste Welle der Verzweiflung.

Max hat mich nie gemeint. Er hat sich an mich herangemacht, weil er Simon brauchte. Den kleinen Simon, der so harmlos wirkt. Was für ein übler Plan. Simon sieht in ihm den tollen großen Bruder. Und Max benutzt ihn, um die Drogen an der Schule verticken zu können.

Als Simon Ärger bekommt, lässt er ihn hängen.

Auf einmal passt alles.

Dass Max mit mir Simons Zimmer durchsuchen und Dinge beiseiteschaffen wollte.

Dass er sein Handy und seinen PC unbedingt selbst ansehen wollte.

Er war bei mir, um über den Stand der Ermittlungen auf dem Laufenden zu bleiben.

Er war nicht mehr bei mir, als ich nach Simon gesucht habe.

Ich habe ihm alles erzählt: was die Polizei gesagt hat, was ich selbst herausgefunden habe.

Er hat meine Verzweiflung gesehen, gespürt, miterlebt.

Es war ihm egal.

Es ging nur darum, dass er der Saubermann blieb.

Der er nie war.

»Ich hab mir schon länger so was gedacht«, brummt Bonzo. »Aber ohne Beweise hättest du mir das nie geglaubt, oder?«

Nein, hätte ich nicht.

Max hat aus Simon einen kleinen Drogendealer gemacht. Und als es Schwierigkeiten gab, da hat er ihn im Stich gelassen. Nie hätte ich das geglaubt.

Zum zweiten Mal innerhalb weniger Monate muss ich das erleben: Ein Mensch, von dem ich dachte, dass ich ihn ganz und gar kenne, hat ein zweites Leben. Erst Simon, jetzt Max. Ich muss blind sein, blind und blöd. Ich kann niemandem mehr vertrauen. Nie wieder.

Wir hören die Mailbox gerade ein weiteres Mal ab, als wir den Schlüssel im Schloss hören.

Ich wische mir schnell die Tränen aus dem Gesicht. Stehe auf.

Ich will nicht auf dem Boden hocken, aussehen wie ein Häufchen Elend, wenn er hereinkommt. Ich möchte ihm gegenübertreten.

»Was macht denn der Straßenköter hier?«, fragt Max, als er Bonzo sieht.

Der hält ihm ungerührt Gringos Handy hin.

Max' Stimme: »Die Schwester von unserem kleinen Dieb ist nahe dran ...«

Max wird blass. Ich starre ihn an, ich will diesen Blick halten.

»Gib mir zehn Minuten, um dir alles zu erklären.«

Ich sehe auf die Uhr.

18. Kapitel

Bonzo hält sich ganz raus. Er sitzt am Boden, trinkt sein zweites Bier, sagt nichts.

Max redet überzeugend, mit ein bisschen Reue in der Stimme, aber nicht zu viel. Selbst diese entsetzliche Geschichte klingt plausibel und nachvollziehbar, so wie er sie erzählt.

Ja, er habe während der letzten Jahre im Gymnasium Haschisch verkauft. Manchmal auch ein bisschen Speed, auch ein paar Pillen. Gringo sei ein missratener Cousin, der habe ihm dieses Geschäft vorgeschlagen. Genommen habe er selbst nichts von dem Zeug, es nur anderen angedreht, denen mit Geld, den arroganten Schnöseln mit ihren reichen Eltern. Für ihn sei es eine Möglichkeit gewesen, auf dem Gymnasium zu bleiben, sonst hätte er eine Lehre machen müssen.

Anderen habe er erzählt, das Geld käme von der Nachhilfe. Seine Mutter sei froh gewesen, dass er was zur Haushaltskasse beigetragen habe. Fürs Studium habe er auch noch was ansparen können.

Bonzo atmet tief durch. Ich bin mir sicher, er wüsste jetzt einen guten Spruch. Aber er ist still.

»Nach dem Abitur sollte Schluss sein mit diesen Geschäften, hab ich mir gedacht. Aber so leicht war das nicht. Gringo hat mich aus dem Handel nicht rausgelassen. Auf dem Land könnte man noch neue Kunden gewinnen, hat er gesagt. Und wenn ich selbst nicht mehr will, muss ich einen Nachfolger präsentieren.«

»Simon«, sage ich. Es soll klar und fest klingen, aber ich krächze. »Die Schwester fürs Bett, den Bruder fürs Geschäft.«

Max schüttelt den Kopf, sein Blick wird flehend.

»So war das nicht! Ich hab mich in dich verliebt. Ich wollte mit dir zusammen sein. In die Drogengeschichte wollte ich dich nicht reinziehen, deshalb hab ich nie was erzählt. Simon hat irgendwann was mitgekriegt, fand das toll.«

»Er fand dich toll.«

»Er hat mich angebettelt, dass er den Job übernehmen darf.«

»Da konntest du nicht Nein sagen.« Ich versuche es mit Sarkasmus, aber es klingt selbst für mich verzweifelt.

»Lara …«

Max kommt auf mich zu, ich weiche aus. Das ist nicht leicht in dem kleinen Zimmer.

»Du hast aus meinem Bruder einen Dealer gemacht.«

Will ich noch wissen, was mit Max und Julia ist? Selbst das ist mir jetzt egal. Max wird in meinem Leben keine Rolle mehr spielen. Die Gefühle für ihn sind noch da, schwach, im Hintergrund. Im Vordergrund: Wut, Enttäuschung, Verzweiflung, Misstrauen.

Max wirft immer wieder unsichere Blicke auf Bonzo. Sicherlich wäre er ihn gerne los, aber ich bin froh, nicht mit Max allein zu sein. Ich habe keine Angst vor ihm, aber ich traue ihm auch nicht mehr. Bonzo steht auf.

»Simon hat Schulden bei Gringo, oder?«

Max nickt.

»Du wolltest ihn nicht auslösen?«

»So viel Geld kann ich in so kurzer Zeit nicht flüssig machen.«

»Kannst du nicht oder willst du nicht?«, frage ich.

»Lara, bitte, ich würde alles tun, damit Simon heil aus der Sache rauskommt.«

»Dann rufen wir jetzt die Polizei an«, schlägt Bonzo vor.

»So kriegen wir alle eine Menge Ärger«, sagt Max.

»Vor allem du.« Bonzo spielt schon mit dem Handy in seiner Hand.

Ich überlege kurz, dann lege ich meine Hand auf

seine. Beide zucken zusammen. Max, als er das sieht. Bonzo, als er mich spürt.

»Ich habe viel falsch gemacht, das weiß ich.« Max klingt verzweifelt. »Aber jetzt ist erst mal das Wichtigste, dass wir Simon finden. Und dafür müssen wir zusammenhalten.«

»Er hat Pillen geklaut und ist damit unterwegs, richtig?«, fragt Bonzo.

Max nickt: »Sie sind ihm schon auf den Fersen. Als wir uns am Bahnhof getroffen haben, um Simon zu suchen, da habe ich Gringos Leute gesehen.«

Unwillkürlich fasst sich Bonzo an sein blaues Auge.

»Hast du nicht selbst zu Gringo am Telefon gesagt, er solle Simon endlich schnappen?«, frage ich Max schneidend, doch in diesem Moment brummt Gringos Handy in Bonzos Hand.

Eine neue SMS.

Bonzo starrt auf das Display.

»Gringos Leute haben Simon am Untermainkai gesehen.«

Max ist schon an der Tür.

»Wir gehen ohne dich«, sage ich entschlossen. Aber Bonzo schüttelt den Kopf.

»Je mehr, desto besser. Am liebsten würde ich unterwegs noch jeden mitnehmen, der auf zwei Beinen steht.«

Max sieht ihn fast dankbar an. Als hätte er eine Chance, sich zu rehabilitieren. Ich hoffe, er nutzt sie. Ich habe Angst, dass er es nicht tut.

Ich will schon einem Taxi winken, als wir unten auf der Straße stehen. Aber Max hält mich auf.

»Wir nehmen mein Auto.«

»Du hast ...«

»Seit ein paar Tagen«, sagt er. »Es sollte eine Überraschung werden.«

»Gelungen«, brummt Bonzo nur, während Max einen Autoschlüssel aus der Jeans zieht, auf den Knopf drückt. Wir sehen einen schicken, kleinen Wagen, der uns anblinkt.

»Mit Nachhilfe bezahlt.« Meine Stimme klingt schneidend.

»Falscher Zeitpunkt, Lara.«

Es ist nicht Max, der das sagt, sondern Bonzo.

Max steigt bereits ein, ich bleibe kurz bei Bonzo stehen.

»Er hat ein Auto und kann Simon nicht bei Gringo auslösen?«, zische ich.

»Wieder falscher Zeitpunkt, Lara. Wir brauchen ihn.«

Verstehe ich nicht. Aber jede Diskussion ist zwecklos.

Ich setze mich nach hinten zu Bonzo. Ich will nicht neben Max sitzen.

Max fährt schnell. Er kennt sich aus.

Er war öfter hier, denke ich. Das ist seine Stadt. Längst geworden. Sein neues Leben. Ich bin ein Teil des alten Lebens. Vergangenheit.

Falscher Zeitpunkt, mahne ich mich selbst in Gedanken. Fast muss ich lachen.

Bonzo starrt in die Nacht hinaus. Wir sind schon am Mainufer.

»Fahr langsamer«, sagt Bonzo. Max tut es.

Es ist zu dunkel, um viel zu erkennen. Aber in einiger Entfernung ein Menschenknäuel. Lärm, Geschrei. Vielleicht eine Schlägerei.

»Bleib stehen.« Wieder Bonzo.

»Ich kann hier nicht parken.«

Das Auto rollt noch, Bonzo macht die Tür auf und setzt einen Fuß hinaus.

»Warte, du Idiot!«, schreit Max, macht die Warnblinkanlage an und bleibt stehen.

»Fahr doch ins Parkhaus, Trottel«, gibt Bonzo zurück. Dann laufen wir beide gemeinsam auf die Gruppe zu. Max stellt das Auto irgendwo ab und kommt nach.

Es ist weiter, als ich dachte. Wir rennen. Ich kann wenig erkennen. Aber ich sehe mehrere junge Leute um einen herumstehen. Sie zerren an ihm.

Simon. Zum ersten Mal seit vielen Wochen höre ich seine Stimme.

Er spricht nicht, er schreit. Er weint. Er bettelt. Er fleht.

»Los schnell, weg hier.«

Das war nicht Simon. Das war einer von denen, die ihn in der Mangel haben.

Sie zerren Simon zu einem Lieferwagen, machen hinten auf, schieben ihn hinein, steigen in Windeseile ein.

»Halt!«

Bonzo trifft den richtigen Ton. Der Wagen fährt schon los, aber der Fahrer bremst noch einmal kurz, Bonzo springt auf, wirft mir noch einen Blick zu, dann gibt der Fahrer Gas.

Ich habe keine Ahnung, wohin sie fahren.

Ich hoffe, dass Bonzo Simon vor dem Schlimmsten bewahrt.

Max kommt angekeucht.

»Schnell, hinterher!«, rufe ich.

Wir haben keine Chance. Bis wir am Auto sind, ist der Lieferwagen längst weg. Aber kaum sind wir eingestiegen, da bekomme ich eine SMS. Bonzo. Keine Ahnung, wie er das macht. Aber er macht es.

Ostend, steht da nur.

»Meine Güte«, murmelt Max, als er umkehrt und in die andere Richtung fährt. »Das ist Richtung Güterbahnhof oder Osthafen.«

»Was heißt das?«

»Ich vermute, dass sie dort irgendwo eine leere Halle kennen, wo sie gelegentlich … na ja sich treffen.«

Vermutlich wollte er nicht sagen: einen zusammenschlagen und bewusstlos liegenlassen.

»Deine Freunde.«

Ich kann's einfach nicht lassen.

»Lara, das wollte ich nicht.«

Das glaube ich ihm sogar.

Ich warte auf weitere Nachrichten von Bonzo. Keine kommt.

»Da, da vorne an der Ampel. Der Lieferwagen!«

Max hat ihn entdeckt. Er versucht dranzubleiben.

»Hinter euch«, simse ich Bonzo.

»Vielleicht nicht so schlau, wenn ihr euch jetzt ständig Nachrichten schickt«, meint Max.

»Anders hätten wir keine Chance, ihnen zu folgen.«

Irgendwann biegt der Wagen ab und hält auf einem Gelände mit Schrott und Eisenteilen. Im Hintergrund eine Lagerhalle. Trotz Dunkelheit ist zu erkennen, dass hier weit und breit keine Wohnsiedlung ist.

Licht geht an, eine dunkle Gestalt tritt auf den Lieferwagen zu.

Max bleibt stehen.

»Fahr näher ran.«

»Bist du verrückt? Sie würden uns sofort sehen.«

Stimmt. Vielleicht ist Max feige. Aber ich bin nicht vorsichtig genug.

Max stellt sein Auto irgendwo ab. Platz genug ist hier. Es stehen einige alte Karren herum. Sein Wagen wirkt gepflegt in dieser Umgebung, so wie er selbst. Eine alte Straßenlaterne wirft ein trübes Licht auf uns. Wir können froh sein, dass hier nicht mehr Lampen sind.

Wir hören Stimmen, aber wir sind zu weit weg.

Leise schleichen wir uns an.

Irgendwann weht der Wind Gesprächsfetzen herüber. Ich versuche, noch näher zu kommen. Aber es ist eine Qual, zuzuhören und nichts tun zu können.

Etwa zehn Jungs. Bonzo dabei. Simon in der Mitte. Zwei halten ihn fest. Er wehrt sich. Ein Schlag. Ein Schrei. Dann ist es wieder still.

Die dunkle Gestalt redet.

»Simon. Du hast mich schwer enttäuscht.«

Es klingt ein bisschen, als hätte er seine Hausaufgaben für die Schule nicht gemacht. Aber man kann auch den triefenden Hohn heraushören.

»Ohhhhhh«, brummen einige der Jungs.

»Ich mach's wieder gut«, höre ich Simons Stimme.

»Dann sag mir, wo die Pillen sind.«

»Geklaut.«

»Klar. Von dir.«

»Ich war's nicht.«

»Sondern?«

»Ich bin überfallen worden – und die Pillen waren weg.«

»Ohhhhhhhhh.«

Schläge. Schreie. Gringo rührt keinen Finger. Er sieht nur zu.

»Lass ihn«, höre ich Bonzos Stimme.

»Wo kommst du denn auf einmal her?«

Gringo klingt echt überrascht.

»Der war am Kai.« Diese Stimme kenne ich nicht.

»Gut, dass ihr ihn mitgebracht habt.« Gringo lacht.

»Du hast was, was mir gehört, Scheißkerl.«

Gringo fährt so schnell seine rechte Faust aus, ich kann sie kaum sehen. Doch Bonzo weicht aus, versucht zu beschwichtigen.

»Komm, Gringo, lass den Kleinen. Wir reden miteinander und …«

Ein Schlag, ein Würgen, ein gurgelndes Geräusch.

Ich sehe, wie Bonzo zu Boden geht.

»Lasst ihn liegen, wir kümmern uns erst um den Zwerg«, höre ich Gringo sagen.

Hinter mir Max. Ich spüre seine Nähe, seinen Atem. Aber ich spüre nicht mehr die Sicherheit, die er mir sonst gegeben hat.

Ich wende mich um.

»Mach was«, flüstere ich.

Er zuckt hilflos die Schultern.

»Rede du mit ihnen.«

Er schüttelt den Kopf.

»So, Kleiner, jetzt wollen wir mal sehen, was du weißt.«

Sie verschwinden in der Lagerhalle.

Alle Jungs, bis auf zwei. Auf eine Geste Gringos hin bleiben sie bei Bonzo, der am Boden liegt, offenbar bewusstlos.

»Wenn er aufwacht, treten, bis er wieder schläft.«

Ich kann mich an einem Schuppen vorbei in Richtung Halle schleichen. Drinnen brennt Licht. Ich sehe sie alle in der Halle verschwinden, sie ziehen die großen Tore zu. Ich klettere seitlich an einem Anbau hoch. Klettern gehört nicht zu meinen Stärken. Ich brauche mehrere Versuche, bis ich mich hochstemmen kann. Sehe mich nach Max um, ob er mir helfen wird. Max ist nicht mehr da. Ich wäre jetzt gerne traurig oder enttäuscht, aber dafür ist keine Zeit und keine Kraft da. Ich höre Simon schreien. Ich kann ihn durch ein Fenster sehen. Wie er da unten auf dem Betonboden liegt, wie sie ihn treten.

Einen Wimpernschlag lang denke ich daran, Susanne anzurufen. Sie würde das alles verstehen, sie würde mir helfen. Doch dann fällt mir ein, dass ich ihre Nummer in meinem neuen Handy nicht gespeichert habe. Nur im alten. Und das hat Bonzo, der draußen bewusstlos liegt. An die Notrufnummer denke ich nicht. Die Panik fegt mir das Gehirn leer.

Wieder schreit Simon, doch seine Schreie werden leiser, sie gehen in ein Wimmern über.

»Hey, der macht schon schlapp.«

»Der tut nur so.«

Ich ertrage das nicht. Umwickle meine Hand mit meiner Jacke, schlage das Fenster ein. Steige ein. Schneide mich am Oberschenkel. Blute. Spüre es nicht einmal.

»Hört auf, ihr Schweine.«

Großer Auftritt. Alle Blicke auf mich.

»Geil. Ne Frau.«

»Lasst ihn in Ruhe.«

»Ich hör dich so schlecht«, feixt Gringo. »Komm doch näher.«

Es ist zu spät, um abzuhauen. Drei von den Typen sind schon unterwegs, um mich zu holen. Wenn ich einigermaßen heil aus der Sache herauskommen will, dann muss ich jetzt auf Gringo zugehen.

»Was willst du von ihm? Geld?«

»Kannst du ihn auslösen?«

Wieder ein Schlag, wieder ein Wimmern.

»Dann hätte er immer noch Strafe verdient, aber vielleicht ein bisschen weniger.«

Gringo fasst mich an. Ich weiche zurück. Er lacht böse.

»Wie willst du zahlen? Scheck? Bar? In Naturalien?«

Wieder ein Schlag für Simon.

»Lasst ihn los!«

»Wenn wir uns geeinigt haben.«

»Ich darf als Erster!«, ruft einer aus der Ecke. Alle lachen grölend.

»Wer ist hier der Boss?«, fragt Gringo und wieder lachen alle.

Damit habe ich nicht gerechnet, naiv, wie ich bin. Ich dachte, ich lege hier einen Auftritt hin und … ja, was dann?

»Oh, sie blutet am Bein!«

»Hose ausziehen, ich kümmere mich drum.«

»Ich hab einen Erste-Hilfe-Kurs gemacht!«

Wieder grölen alle.

Ich kann einen Blick mit Simon wechseln. Ich spüre seine Angst. Nicht nur um sich. Auch um mich.

Seit Wochen kein Lebenszeichen von ihm. Unser Wiedersehen habe ich mir anders vorgestellt.

Ich merke erst jetzt, dass sich eine Blutlache zu meinen Füßen gebildet hat. Der Schnitt am Oberschenkel ist schlimmer als gedacht. Gringo scheint das nicht zu stören. Er kommt näher, auf Millimeter nahe. Ich kann seinen Atem spüren. Ich will nicht zurückweichen.

In diesem Moment denke ich an Max. Wo ist er? Warum kommt er nicht? Warum hilft er mir nicht? Ich sehe hoch zum Fenster. Nichts.

»Wartest du auf jemanden?«

Gringo grinst mich an.

»Ich glaub, sie ist die Tussi von dem Mann im feinen Zwirn.«

»Max? Ja, mein Cousin hat einen ganz passablen Geschmack.«

Gringo fasst mich an. Die Wangen, die Lippen, der Hals. Er spielt mit mir. Er schiebt meinen Pullover hoch. Ich schubse ihn weg.

Ganz plötzlich packt er meine Haare, reißt meinen Kopf zurück, wirft mich auf den Boden. Ich knalle auf den Beton, höre mich selbst schreien, wie von weit weg.

Als ich aufwache, liege ich auf einer Trage. Mein Kopf ist verbunden, er schmerzt höllisch. Auch mein Bein tut weh. Ich will mich aufrichten, mich umsehen, aber der Sanitäter drückt mich sanft zurück.

»Nicht bewegen.«

Ich will etwas sagen.

»Nicht sprechen.«

»Simon«, flüstere ich.

Dann werde ich wieder ohnmächtig.

Meine Mutter bei mir am Bett. Sie sieht mich nachdenklich an, lächelt nicht.

»Simon«, sage ich wieder.

»Liegt ein paar Zimmer weiter.«

»Es tut mir leid.«

Jetzt lächelt sie doch. Und weint zugleich.

Es dauert Tage, bis ich mehr erfahre.

Simon hat einiges abgekriegt, aber er kommt wieder in Ordnung.

Bonzo hat seinen halben Schneidezahn nun ganz eingebüßt. Außerdem hat ihn die Polizei gleich mal mitgenommen, weil es für sie so aussah, als ob er zu diesen kriminellen Jugendlichen gehört.

Wer uns da rausgeholt hat im Morgengrauen? Susanne.

Bonzo hatte sie angefunkt. Mit meinem Handy, in dem ihre Nummer eingespeichert war.

Er lag am Boden, spielte bewusstlos und während seine Bewacher rauchten, setzte er ein SOS an die Kommissarin ab.

Max hat sich einen Anwalt genommen, sagt Susanne, als sie mich besucht. Er war nicht mehr auf dem Gelände, als sie kamen, aber was Simon und Bonzo aussagen, das reicht, um ihn richtig in Schwierigkeiten zu bringen.

Warum macht mich das nicht froh?

Ich bekomme einen Brief von Max. Lese ihn nicht. Kann ihn aber auch nicht wegschmeißen.

Dann Annikas Besuch. Sie bringt mir meine Sonnenbrille. Die habe ich bei Julia in Frankfurt liegen lassen.

Annika erzählt, wie sauer Julia auf mich war, wie

eifersüchtig, als sie mitkriegte, dass ich Max wirklich etwas bedeute.

»Das hast du dir jetzt in deinem romantischen Kopf ausgedacht«, sage ich. Aber Annika schüttelt den Kopf.

»Sie war in Max verknallt, das hat sie mir selbst erzählt. Aber er wollte nur dich.«

Klingt zu schön, um wahr zu sein. Tröstet es mich, dass seine Gefühle für mich ehrlich waren, auch wenn er meinen Bruder in üble Sachen reingezogen hat?

Ich lese nun doch seinen Brief. Max entschuldigt sich und wünscht mir alles Gute.

Wenigstens das.

Auch Bonzo kommt. Er grinst mich ohne Schneidezahn an.

»Jetzt krieg ich endlich einen neuen. Das lohnt sich.«

»Wer zahlt?«

»Ich könnte es doch von Max erpressen, oder?«

Ich lache nicht. Das täte auch viel zu sehr weh.

Aber ich nehme seine Hand.

»Danke.«

»Ist das alles?«

Ich ziehe ihn zu mir herunter und küsse ihn.

Komisches Gefühl. So fremd. Aber er schmeckt gar nicht nach Tabak.

Bonzo grinst, als hätte er meine Gedanken erraten.

»Hab mir die Zähne geputzt.«

»Du hast damit gerechnet, dass ich …«

»Wenn ich erst den neuen Schneidezahn hab, wird's noch besser.«

Ich lache. Mein Kopf dröhnt.

19. Kapitel

Das erste Frühstück in der Familie.

Jeder sitzt auf seinem Platz – wie immer. Aber alles ist anders.

Dad stellt Simon andauernd dieselbe Frage: Warum nimmt einer wie du Drogen?

Simon sagt, er wisse es selbst nicht so genau. Alle hätten es eben probiert, er wollte dazugehören. Er war sowieso immer der Brave, der Nette. Ein Mädchen aus seiner Klasse habe ihm einen Joint gegeben, er habe dann öfter mitgemacht. Dann mitgekriegt, wer das Zeug aus Frankfurt besorgt. Hätte sich von Max quasi anlernen lassen. Klang nach einem Supergeschäft. Einfach, unkompliziert, lukrativ. Er dachte, er wäre dann so toll wie Max.

»Was haben wir falsch gemacht?«, fragt Mum.

»Nichts«, sagt Simon.

»Wir hätten dir mehr Selbstvertrauen vermitteln sollen«, murmelt sie und es klingt wie aus einem Ratgeber.

Simon und ich sehen uns an. Eltern mit psychologischem Grundwissen sind manchmal die Pest.

Wir gehen alle vorsichtig miteinander um. Keine Vorwürfe. Keine Kritik. Behutsames Lächeln. Verständnisvolles Nicken. Aufmerksame Mimik. Vorsichtige Berührungen.

Komische Familie. So leise, so abwartend.

Vielleicht sollten wir uns einfach mal fetzen.

Jeder jedem für alles die Schuld geben.

Ihr habt mich vernachlässigt!

Nein, ich bin überbehütet!

Ich war aufs Leben überhaupt nicht vorbereitet!

Ihr fandet meinen Freund besser als mich!

Max …

Er hat sich nicht mehr gemeldet nach seinem Brief.

Er ist auch nicht mehr in unserer Stadt aufgetaucht.

Irgendwann habe ich eine Kiste gepackt mit all den Sachen, die er noch bei mir hatte.

Dad war so nett und hat sie bei Frau Hartmann vorbeigebracht.

»Der geht's auch nicht gut«, sagt er, als er zurückkommt. »Die trinkt sich ihren Kummer weg.«

Wie hat Max das immer gehasst, wenn seine Mutter getrunken hat.

Aber selbst Drogen verkaufen.

Fast jede Nacht höre ich Simon schreien.

Er hat Albträume.

Wir wissen nicht viel über seine Zeit in Frankfurt.

Was er gemacht hat, wie er gelebt hat, wo er übernachtet hat.

Er ist erwachsener geworden, er sieht ernst und kalt auf die Welt, nicht mehr nett und freundlich.

Nur selten erzählt er etwas. Eigentlich Kleinigkeiten. Hunger und Durst, Kälte und Schmutz. Alle Geschichten sagen: Ich hatte so viel Angst. Ich war so verdammt allein.

Irgendwann erzählt Simon mir das kleine Stückchen der Geschichte, das mir noch fehlt.

Er hat das Geschäft an unserer Schule von Max übernommen.

Max selbst hat das Jugendzentrum versorgt, in dem er angeblich ehrenamtlich so schön Sozialarbeit leistete. An ein paar anderen Schulen hat er auch noch was vertickt.

Seine Kunden haben ihn nicht ernst genommen, sagt Simon. Allen voran Kralle. Irgendwann auch Yannick, der ja angeblich überhaupt nichts mit der Sache zu tun hatte.

Sie haben ihm die Ware geklaut, ihn verprügelt. Er hat Max angerufen. Der hat ihn nach Frankfurt zum Gespräch bestellt. Sofort, hat er gesagt. Simon, brav wie er war, fuhr nach Frankfurt.

Doch nicht Max redete mit ihm, sondern Gringo. Der war »enttäuscht«. Hatte aber einen Vorschlag zur Güte: Simon sollte seine Schulden in Frankfurt abarbeiten. Neue Käuferschichten erschließen. Kundenbetreuung. Es klang, als solle er Staubsauger verkaufen.

Simon war den Kunden in Frankfurt noch viel weniger gewachsen als den paar Jugendlichen in unserem Ort. Offenbar hatte auch jemand einen Tipp bekommen, dass man den Kleinen ohne Probleme abzocken könne. Eine Tüte Pillen, die er als Kurier von einem Ort zum andern bringen sollte, haben sie ihm weggenommen. Wieder steckte er in der Klemme. Er hatte Gringo zum Feind, weil der dachte, Simon habe die Pillen geklaut und arbeite in die eigene Tasche.

»Warum bist du nicht gleich abgehauen aus Frankfurt?«, frage ich.

»Am Bahnhof waren doch schon längst Gringos Leute.«

Simon grinst schief: »Und für einen Flug hat meine restliche Kohle nun wirklich nicht gereicht.«

Max hat ihn nach Frankfurt bestellt, also sogar noch in die Gefahr geschickt. Es muss ihm doch klar gewesen sein, was passiert.

»Ich dachte, wir wären Freunde. Fast wie Brüder«, sagt Simon. Es ist dunkel im Zimmer, aber ich höre, dass er weint.

Dad geht wieder zur Schule.

Ich auch.

Mum geht nirgends hin, sie bleibt bei Simon.

Denn er weigert sich strikt, diese Schule noch einmal zu betreten.

Er will gar nicht aus dem Haus.

Für Eltern, Lehrer und Schüler ist er ein Verbrecher.

Denkt er zumindest.

Er denkt richtig. Viele in der Stadt sehen das so.

Ich höre, was sie sagen. Ich ignoriere es.

Kralle, Yannick und die anderen haben auch Drogen genommen.

Sie haben Simon ausgeplündert und misshandelt.

Das alles zählt nicht. Simon ist der Täter.

»Ich will weg von hier«, sagt er. »So schnell wie möglich.«

Ich auch. Ich will diese verlogene Bande hier nicht mehr sehen.

Bonzo kommt oft vorbei.

Ich mag ihn, sogar sehr.

Ich bin froh, dass er da ist.

Meistens.

Er findet mich oft spießig.

Ich finde seine Tattoos und Piercings nicht so besonders.

»Ich bin dir peinlich«, sagt er.

»Ich dir doch auch.«

Dann umarmen wir uns wieder, sagen uns, wie wichtig wir füreinander sind, wie gut, dass wir uns gefunden haben.

Der nächste Ärger kommt bestimmt.

Mum und Dad sind ihm dankbar, aber unsere neu gefundene Nähe gefällt ihnen nicht. Das lassen sie uns deutlich spüren.

»Lara, du hast gerade eine schwierige Beziehung hinter dir.«

»Eine verlogene Beziehung.«

»Verwechsle jetzt nicht Dankbarkeit mit Zuneigung.«

Danke. Ich werde es mir merken.

Ich wäre so gerne glücklich mit Bonzo. Und er mit mir.

Aber es gelingt uns nicht.

Irgendwann kommt er nicht mehr.

Aber manchmal ruft er noch an. Von meinem alten Handy aus. Das hat er behalten.

20. Kapitel

Dad öffnet einen offiziell aussehenden Brief. Dann lächelt er so glücklich wie schon lange nicht mehr.

»Ich werde versetzt. Wir ziehen um.«

»Wann?«

»Noch vor Weihnachten.«

Zum ersten Mal seit seiner Rückkehr lächelt Simon.

Irgendwo anders neu anfangen.

Das wollen wir alle.

Niemand von uns ist mehr gerne in dieser Stadt, wo alle so tun, als würde es reichen, einen Sündenbock in die Wüste zu schicken – und dann ist alles wieder gut.

Ich glaube, sie sind auch froh, wenn wir endlich weg sind.

Seit Tagen packen wir. Ich werfe viele Dinge weg. Vor allem Geschenke von Max. Simon trägt mehrere Kisten aus seinem Zimmer, die auf den Müll kommen. Ich glaube, ich kenne einige Sachen, die sich in den Kisten befinden. Der alte Adventskalender der Eintracht Frankfurt zum Beispiel. Die Figuren aus den Überraschungseiern hat er übers Internet schon an einen Sammler verkauft. Die Fische kommen zu Annika. Simon wollte sie loswerden, Annika wollte sie haben. Ich fürchte, sie wird ihnen ihre selbst komponierten Liebeslieder vorsingen. Und die armen Tiere können sich nicht wehren.

An einem Samstag im Dezember kommt der Umzugswagen. Zügig tragen die Arbeiter Kisten und Möbel aus dem Haus. Als ich aus dem Fenster sehe, steht Bonzo draußen. Seit Wochen ist er nicht mehr aufgetaucht. Ich will ihn hereinwinken, aber er schüttelt den Kopf. Also gehe ich hinaus.

Wie soll ich ihn begrüßen? Ich entscheide mich für einen flüchtigen Kuss auf die Wange.

»Du bist ja rasiert.«

»Ich habe mir sogar die Zähne geputzt«, sagt er und bleckt sie.

»Wow, der neue Schneidezahn!«

Er lacht und jetzt küsse ich ihn richtig.

»Hast du noch ein bisschen Zeit?«

Ich habe Mum versprochen, mit ihr die Zimmer sauber zu machen. Aber egal. Das kann warten.

Wir gehen zum Weiher. Zumindest am Rand ist er zugefroren.

Bonzo muss natürlich gleich ausprobieren, ob das Eis trägt.

»Hast du Schlittschuhe zu Hause? Dann holen wir die!«

»Längst verpackt.«

Es knackt verdächtig.

»Komm da runter!«

Er lacht nur, schlittert auf der blanken Fläche, hebt ein Bein, spielt den Eiskunstläufer.

»Ich gehe nach Berlin«, sagt er. »Frankfurt ist im Moment nicht so günstig für mich.«

Ich kann mir denken, was er meint. Die alten Freunde nehmen ihm übel, dass er sie an die Polizei verraten hat.

»Berlin ist weit.« Ich bin traurig.

»Zwischen uns liegen auch so ganze Galaxien, Lara.«

Ich nehme seine Hand. Er übertreibt. In diesem Moment will ich wieder glauben, dass wir eine Chance haben.

»Und wenn ich mir auch ein Piercing machen lasse?«

»Super Idee«, grinst Bonzo. »Nachdem die Schläger von Gringo mir fast ein Ohr abgerissen haben, wollte ich jetzt alle rausmachen.«

Ich sehe hin: alle noch da.

Er lacht: »Es geht nicht. Sieht übel aus. Wie mit dem Locher perforiert. Richtig Scheiße.«

Ich stelle mir die gelochte Ohrmuschel vor und muss lachen.

»Wächst das nicht wieder zu?«

»Spätestens wenn ich mein Jurastudium abgeschlossen habe und Rechtsanwalt mit eigener Praxis bin, gehe ich sowieso zum plastischen Chirurgen und lasse mich rundum erneuern.«

»Also nie.«

»Du traust mir ja gar nichts zu.«

Eine Weile gehen wir schweigend, Hand in Hand.

Es hat zu schneien begonnen.

Große, dicke Flocken. Ich strecke die Zunge heraus, fange ein paar davon auf, sie schmelzen sofort.

Eine dünne weiße Decke legt sich über die Wiesen. Auf dem Weg vermischt sich der Straßendreck mit dem Schnee. Schwarzer Schnee.

Ich denke an den Tag, als wir weißes Pulver auf unserem Speicher gefunden haben. Sauber und rein wie Schnee. Trotzdem eine dreckige Geschichte.

Der Neubeginn unserer Freundschaft. Oder unserer Beziehung. Oder wie auch immer man das nennen will.

»Geh nicht nach Berlin«, sage ich.

»Sondern mit dir nach Wiesbaden?«, fragt Bonzo und es klingt spöttisch.

»Warum nicht?«

»Warum doch?«

Ich bin einen Moment still.

Bonzo bückt sich, kratzt ein bisschen Schnee zusammen, Dreck mischt sich mit in seinen Schneeball.

Er tut so, als würde er nach mir werfen.

Dann drückt er ihn sich selbst ins Gesicht. Doch ich kann trotzdem sehen, dass er weint.